KB105146

천마법,
부활
하셨도다

천마님, 부활하셨도다 8
정영교 新무협 판타지 소설

초판 1쇄 찍은 날 § 2017년 8월 16일
초판 1쇄 펴낸 날 § 2017년 8월 23일

지은이 § 정영교
펴낸이 § 서경석

편집책임 § 신보라

펴낸곳 § 도서출판 청어람
등록번호 § 제387-1999-000006호
등록일자 § 1999. 5. 31
어람번호 § 제2-2717호

주소 § 경기도 부천시 부일로 483번길 40 서경B/D 3F (우) 14640
전화 § 032-656-4452 팩스 § 032-656-4453
http://www.chungeoram.com
E-mail § chungeorambook@daum.net

ⓒ 정영교, 2017

ISBN 979-11-04-91426-3 04810
ISBN 979-11-04-91193-4 (세트)

선마법, 빛을 헤아리도다

정영교 新무협 판타지 소설
FANTASTIC ORIENTAL HEROES

8

도서출판 청어람

目次

49장

남마검 마중달의 몰락

협상이 벌어지기 닷새 전.

호남성 익양의 한 산봉우리.

이틀 전부터 산에서 들려오는 굉음에 인근 마을 사람들이 불안에 떨고 있었다.

알 수 없는 기이한 굉음이 나는 곳으로 가면 아무것도 보이지 않았다.

전쟁이라도 벌어진 것처럼 나무가 쓰러져 있고, 산 곳곳이 커다란 구덩이에 파인 흔적으로 가득했다.

이 기이한 현상에 나무꾼과 사냥꾼들은 익양 금봉산의 산신이 노해서 벌어진 일이라고 생각했다.

그 결과 마을 사람들은 산신의 노함을 달래기 위해 금봉산 밑에서 제사를 지내기로 하였다.

"아이고, 아이고, 신령님! 부디 노함을 거두시오소서!"

늙은 마을 촌장이 눈물을 글썽이며 바닥에 절을 하자, 뒤에서 서 있던 마을 사람들이 따라서 절을 하며 빌었다.

가장 간절히 비는 이는 당연히 금봉산에서 생계를 얻는 나무꾼들과 심마니, 사냥꾼들이었다. 얼른 산신이 노함을 거둬야 다시 입에 풀칠을 할 수 있었다.

쾅!

절을 하고 있는 와중에도 산에선 거대한 굉음이 울려 퍼졌다.

"아이고! 아이고!"

이에 당황한 촌장과 마을 사람들은 곡소리에 가까울 만큼 '아이고'를 외치며 절을 해댔다.

그런 금봉산의 깊은 산속 한가운데에는 무차별적으로 사방을 향해 검강을 날리고 있는 한 남자가 있었다.

그는 바로 천마였다.

"제기랄!"

검강이 사방으로 몰아치는데 오히려 진이 깨지는 것이 아니라 튕겨지듯 자신을 향해 되돌아왔다.

이틀 전부터 진법을 깨기 위해 각양각색의 방법을 강구한 천마였다.

가장 간단한 방법인 압도적인 무위로 깨보려 했지만 강한 힘을 가할수록 진법은 더욱 견고해지는 느낌이 들었다.

"후우……."

주위에 있는 애꿎은 나무들만 잘려 나갔다.

심적으로 지친 천마는 한숨을 내쉬고 잘린 나무에 걸터앉아 곰방대를 물었다.

뿌연 담배 연기를 뱉으며 수위를 잔잔히 눌러보았다.

"진법이라 하여도 분명 허실이 있을 텐데……."

북해에서 이미 진법을 경험해 본 천마는 그 당시 원영신으로 진법을 면밀히 살폈다.

수많은 방위를 점해서 공간의 흐름을 뒤틀고, 천지간의 기운을 역행시키는 진법의 신묘함은 천마조차도 놀라게 만들었다.

"흐음……."

천마는 원영신을 개방해서 진법이 펼쳐진 주위를 둘러보았다.

순간 찬찬히 진법을 살피던 천마의 눈에 이채가 띠었다.

이틀 동안 마음이 조급해져 진법을 어떻게든 파괴시키려고 했을 때는 미처 알지 못한 것을 눈치챘다.

"이거… 북해에 있는 그 진법이랑 비슷하잖아?"

놀랍게도 그의 주위로 펼쳐진 진법은 그 당시에 북해에서 본 진법과 매우 흡사했다.

일부 점해진 방위들이 달랐지만 그 형태는 거의 동일했다.

"그렇다면……."

분명 진법의 특성상 생문(生門)이 있을 것이다.

천마는 자리에서 일어나 주위를 걸으며 진법의 크기를 가늠해 보았다.

마을 전체를 두르고 있던 거대한 진법보다는 그 규모가 작은 만큼 상당히 견고하게 진을 구축하고 있었다.

"기의 흐름이 일정한 규칙을 따르고 있는 것 같기도 하고, 이상하게 끊임없이 변화를 일으키는 것 같기도 하고."

북해에서 본 진법대로라면 분명 뒤틀린 기운이라도 일정한 흐름의 규칙이 있을 법한데 계속해서 변화가 일어나고 있었다.

탁!

흐름의 변화가 가장 심한 곳에 손을 갖다 대보았다.

그러자 그의 손이 닿은 지점이 물결처럼 파동이 일더니 손이 불쑥 들어갔다.

그와 동시에 바로 옆에 다른 파동이 일어나며 천마가 집어 넣은 손이 튀어나왔다.

"엇?"

그가 현천검을 날렸을 때와 같은 현상이었다.

"신기하군."

손가락을 움직이니 옆에서 튀어나온 그의 손가락이 움직였다.

진법이라는 것이 이 정도 신묘함을 지녔으리라고는 생각지도 못한 그다.

손을 다시 빼낸 천마는 뒤로 물러나 진법의 중간 지점을 찾았다.

"여기가 중간 지점인가?"

진법의 한가운데 서서 주위를 둘러보니 진법의 흐름이 뚜렷하게 보였다.

그러나 여전히 변화가 심하기에 생문을 찾기가 힘들었다.

천마는 바닥에 털썩 주저앉아서 곰방대의 담배를 물며 생각에 잠겼다.

그렇게 하루의 시간이 지났다.

애초부터 이 진법은 무명 본인이 아닌 누구도 풀 수 없도록 작정하고 만든 진법이었다. 선인이라도 풀 수 없다는 말은 과언이 아니었다.

목표 자체를 높게 설정하다 보니 진법의 설계가 복잡한 것은 당연했다.

하지만 여기서 무명은 선인이라는 존재에 대해서 알지 못한 점이 있었다.

우우우우웅!

원영신의 개방에는 두 단계가 있다.

첫 번째 단계는 이 현세의 이면을 들여다보는 것이고, 두 번째 단계는 존재의 본질을 투영하는 것인데 아직 반선에 불과한 천마는 두 번째 단계를 제대로 이해할 수 없었다.

천마의 눈이 검게 물들며 동공이 은은한 파란빛을 띠기 시작했다.

그것은 원영신의 두 번째 단계를 해방하는 것이다.

그러자 천마가 바라보는 시야의 사방이 검게 물들며 모든 것이 하얀 선으로 바뀌어갔다.

모든 것이 선으로 이루어진 세계.

그것이야말로 존재의 본질을 이루는 근본적인 영역이었다.

"크흡! 젠장!"

투툭! 투툭!

혈관이 터져 나갈 듯한 고통이 느껴졌다.

원영신의 첫 번째 단계를 개방했을 때와는 비교도 되지 않을 만큼 온몸에 과부하가 느껴졌다.

보통의 선인들이 가져야 할 선기가 현저하게 적은 천마의 한계였다.

두 눈만을 개방했을 뿐인데 이미 눈에서 핏방울이 뺨을 타고 흘러내리고 있었다.

그런 고통 속에서 천마의 눈에 진법이 만들어낸 뒤틀린 선들이 뚜렷이 보였다.

"핫! 진짜 미친놈이었군."

천마는 어이없다는 투로 탄성을 내질렀다.

진법은 하나가 아니었다.

여덟 개의 진법이 틈이 없을 만큼 전부 방위가 다르게 겹쳐 펼쳐지면서 흐름의 변화가 무궁무진하게 생겨난 것이다.

팔괘(八卦).

진법의 기본적인 흐름은 생기(生氣), 천의(天宜), 절체(絶體), 유혼(遊魂), 화해(禍害), 복덕(福德), 절명(絶命), 귀혼(歸魂) 순으로 변화가 일어난다.

하나의 진법이라면 여덟 문의 방위에 배치되면서 그 순을 찾아내 생문을 통과하면 되지만 여덟 개의 진법이 겹치는 바람에 하나의 방위에 팔괘가 동시에 성립되었다.

"간단한 답이면서 어려운 답이군."

천마의 말대로 이 진법의 생문을 통과하려면 진법을 계속 변화시켜서 팔괘를 동일하게 만든 뒤 생문이 하나의 지점으로 통일되게 만들어야 했다.

주르륵!

검게 물들었던 시야가 일순간에 다시 원래대로 돌아왔다.

그와 동시에 천마의 입에서 선혈이 흘러내렸다.

무리해서 선기를 끌어내 내상을 입은 탓이었다.

마음이 급해진 천마는 곧장 이어서 원영신의 두 번째 단계를 개방하려 했지만 쓰라린 고통에 아무것도 할 수 없었다.

결국 운기를 하며 몸을 회복시켜야만 했다.

다시 하루가 지나서야 천마는 원영신을 개방할 수 있었다.

콰콰콰콰콰콰콰쾅!

원영신을 개방한 천마는 여덟 방위를 향해 동시에 검강을 날려 팔괘를 자극시킨 뒤 그 순이 끊임없이 변화하도록 만들었다.

그러나 여덟 방위가 제각각이다 보니 그 변화가 동일해지는 것은 말 그대로 요원한 일이었다.

"빌어먹을!"

지금부터는 인내심과 쓰라린 고통의 싸움이었다.

하지만 고통과 인내는 긴 삶의 경험과, 천 년의 인고의 세월을 보내온 천마에겐 너무도 익숙한 일이었다.

그렇게 반복적으로 방위를 맞춘 끝에 공교롭게도 만 하루만에 여덟 팔괘의 방위가 동일해졌다.

생문이 열리자 팔괘가 변화라도 할까 봐 천마는 빠르게 그곳을 통과했다.

진법에서 벗어나자 다시 뒤틀려 있던 천지간의 기운이 본래대로 돌아가는 것을 느낀 천마는 희열을 맛보았다.

"크크크크크! 몇 달 좋아하시네."

만약 이것을 회색 장포의 무명이 보았다면 회의감이 들었을지도 모른다.

누구도 풀지 못할 것이라고 과신한 천화만변진이었으니 말이다.

털썩!

진법에서 빠져나온 천마는 탈진해 바닥에 드러누웠다.

며칠 동안 제대로 쉬지도 못하고 무리해서 원영신을 펼쳤더니 기진맥진한 상태였다.

한참을 누워 있던 천마는 한 시진가량을 꼬박 운기한 후에야 경공을 펼칠 수 있었다.

경공을 펼쳐 산봉우리를 넘어가니 마을 사람들이 산 밑에서 막 제사를 끝내고 음복하고 있었다.

식사를 제대로 하지 못한 그는 자연스럽게 제사 음식을 얻어먹으며 마을 사람들에게 며칠의 시간이 지났는지 물어보았다.

다행스럽게도 아직 하루의 여유가 남아 있었다.

천마가 마교로 도착했을 때는 협정 날이 시작되는 자정 무렵이었다.

"조사님!"

뒤늦게 마교에 도착한 천마를 보며 천극염을 비롯한 수뇌부는 안심할 수 있었다.

이로써 협상에 있어 확실한 고지를 점할 수 있다고 판단되었기 때문이다.

하지만 천마는 그들이 생각지 못한 전략을 제시했다.

천마를 진법에 가둬둔 정체 모를 자가 이 협상에 개입할지도 모른다고 여긴 그는 가마꾼으로 변장해 몰래 참석키로 한 것이다.

결과는 매우 성공적이었다.

회색 장포의 무명은 천마가 여전히 진법에 갇혀 있다고 판단했는지 협상의 중간에 개입했다.

만약에 천마를 눈치챘다면 무명을 절대로 나서지 않았을 것이다.

*   *   *

"크크큭, 그래, 이게 전략이라는 거지."

현경의 고수인 남마검 마중달을 일순간에 날려 보낸 천마의 무위에 모두가 놀란 듯했다.

하나 당황해하는 것도 잠시, 천극염이 검을 뽑으며 외치자 개전이 시작되었다.

챙!

"반역자들을 전부 처단하라!"

기다렸다는 듯이 일 장로 오맹추의 신형이 튀어나가 벽마도에게로 쇄도했다.

처음부터 그에게 적의감이 컸던 만큼 자신의 손으로 반역자를 벌하고 싶은 마음에서였다.

"오맹추!"

마찬가지로 벽마도 역시 기다렸다는 듯 도를 뽑아 대응했다.

마교 내에서 중원무림에 명성을 떨치던 양대 도의 고수들이 부딪친 것이다.

초절정 이상의 고수들로만 이루어진 싸움이다 보니 순식간에 천막은 부서져 사라진 지 오래였고, 주위가 파공음으로 아수라장이 되어갔다.

"크윽!"

갑작스러운 일격에 맞고 뒤로 튕겨 나간 마중달이 분노하며 몸을 일으켜 세웠다.

짧은 찰나에 반탄강기를 펼쳤지만 어찌나 공력이 심후하던지 몸이 튕겨 나가는 걸 막을 수가 없었다.

지금 마교의 전력 중에 오황인 동검귀를 제외하면 자신을 상대할 자는 누구도 없다고 자부한 그였다.

고오오오오!

"…이게 정녕 사람이 내뿜는 마기의 기세란 말인가?"

흉흉하면서도 상상을 초월하는 마기가 사방에 태풍처럼 몰아치며 좌중을 휘어 감고 있었다.

그 강한 기세에 오황의 일인인 마중달마저도 긴장한 기색이 역력했다.

지금의 천극염의 역량으로 풍길 만한 그런 마기가 아니었다.

'지금 마교에 이런 자가 있었단 말인가? 설마……?'

마중달의 머릿속에 과거 천지의 기운이 역행하던 그날이 떠올랐다.

마교에서 죽은 자를 부활시키려 하던 것을 저지하고 다행스럽게 여기던 순간이었다.

이 정도로 흉흉하면서도 극강한 마기를 느껴본 것은 생전에 태상교주가 건재했을 무렵밖에 없었다.

멀리서 천마가 자신을 향해서 걸어오는 모습이 보였다.

마중달의 눈빛이 매서울 만큼 날카로워졌다.

'죽은 자가 다시 부활해서 본좌의 앞길을 가로막는단 말인가?'

이에 전의가 불타오른 마중달의 몸에서 웅대한 기세가 뿜어져 나왔다.

"태! 상! 교! 주!"

팍!

마중달의 신형이 번개처럼 튕겨 나와 순식간에 허공으로 치솟아 천마를 향해 패도적인 일검을 내려쳤다.

남마검 마중달.

그는 중인무림에서 가장 깅하다고 알려신 나섯 설대자인 오황의 일인으로, 광동의 패자라 불리는 무인이었다.

마중달은 문인 집안의 자제로 태어났다.

집안 대대로 문인의 길을 걸어왔고 관직을 지내왔지만 무인의 되고픈 그는 열 살에 광동의 유명한 검객인 우문검의 문하로 들어갔다.

그는 검을 배운 지 오년 만에 청출어람을 하였고, 십오 세의 나이에 무림에 출도하여 당시 정도에서 명성을 떨치던 무당일검을 일수에 제압해 그 이름을 널리 알렸다.

한데 다른 무인보다도 빠른 이십오 세의 나이에 화경의 경지에 오르면서 주위의 견제로 친부인 마연태가 정파의 무림인에게 피살당하게 되었다.

그 후 마중달은 세력의 중요성을 깨닫고 무림에 마도를 천명하여 광동에 자신의 일파를 이루었다.

세월이 흘러 마흔의 나이에 마중달은 마교에 초빙되어 부교주로 등극하게 되었고, 당시 화산파의 장문인 악평청과의 대결에서 불과 삼 초식 만에 오행매화검(五行梅花劍)을 꺾고 목을 베어 부고한 태상교주에 이어 차기 오황으로 불리게 되었다.

정도 무림 정점의 검객으로 북검황이 있다면 마도의 정점에는 남마검이 있다고 불릴 만큼 그의 무위와 명성은 여전히 대단했다.

촤아아아아아악!

허공을 가로지르는 검에서 나오는 파공음.

마중달의 패도적인 검세는 가히 모든 것을 벨 만큼 그 기세와 위력이 엄청났다.

천마는 자신을 향해 내려쳐 오는 패도적인 일검을 보며 입꼬리를 올렸다.

"태! 상! 교! 주!"

뜬금없는 외침에 천마의 표정이 기묘하게 변했다.

"무슨 헛소리를 해대는 거야?"

천마가 마연화를 태우고 온 가마가 있는 방향을 향해 손을 내밀었다.

챙!

그러자 가마 안에서 검이 뽑히는 소리와 함께 현천검이 그 위용을 뽐내며 그의 손으로 빨려들어 왔다.

검을 잡는 순간, 천마는 천마검법의 용검승천의 초식을 펼쳤다.

파아아아앙!

강렬한 기세로 내려치는 검과 허공으로 뻗어 올라가는 검이 부딪치자 엄청난 굉음이 울려 퍼지며 기의 폭풍이 일어났다.

두 현경의 고수가 첫 수부터 십 성 공력으로 전력을 다해 부딪쳤기 때문이다.

엄청난 위력에 주위에 있던 마교와 마중달 측 수뇌부의 시선이 일제히 그들에게 향했다.

"엄청난 기의 폭풍이다!"

어지간한 고수들끼리의 대결에서도 기의 폭풍이 일어나지만 이건 비교가 불가했다.

두 사람이 부딪친 자리를 기점으로 거대한 구덩이가 파이며 파동이 일어나 있었다.

'제법이군.'

천마의 눈이 이채를 띠었다.

동검귀와도 대결을 펼쳐보았지만 그보다도 훨씬 패도적이면서 강했다.

겉모습은 고절한 문인처럼 보였는데 그 일검에 담긴 검의는 거칠면서도 강렬했다.

부들부들.

검을 내려친 이는 마중달이었지만 도리어 그의 손이 떨렸다.

마중달은 눈앞 천마의 젊은 얼굴을 보며 놀라움을 금치 못했다.

겉모습만은 많이 봐줘도 이십 대 초반으로밖에 보이지 않는데, 그 공력의 심후함은 가늠키 힘들었다.

'부활한 지 고작 일 년도 안 되어 예전의 경지를 회복했단 말인가?'

정말 자신이 알고 있던 그 태상교주라고 해도 이게 가능한 일인지 궁금했다.

놀라는 것도 잠시, 천마의 왼손 검지가 그의 왼쪽 어깨를 노렸다.

"웃!"

이에 마중달은 망설임 없이 검에서 손을 떼고 마찬가지로 검지로 천마의 검지를 막아냈다.

손과 손이 부딪쳤는데 두 사람은 사람이 검인 경지를 넘어선 자들답게 검이 부딪치는 소리가 들려왔다.

챙!

'인검의 경지를 넘어섰군.'

확실히 오황이란 명성은 거짓이 아니었다.

천마가 현 무림에 나온 이후 만난 오황들 중 동검귀 성진경을 비롯해 마중달 역시 그를 실망시키지 않았다.

서로의 공력에는 큰 차이가 없었다.

마중달이 눈앞의 천마를 노려보며 말했다.

"태상교주, 여전히 명불허전이구려. 젊은 육신으로 이 정도까지 무공을 회복한 것을 보면."

"태상교주? 아까부터 계속 대 닝교구라 하는데 무슨 헛소리냐?"

"뭣?"

팍!

말을 하면서도 두 사람의 손은 쉬지 않고 움직였다.

붙어 있는 거리였는데 서로의 요혈을 노리고 끊임없이 검지가 부딪쳤다.

그런 정신없는 와중에 마중달의 눈빛이 흔들렸다.

'태, 태상교주가 아니라고?'

듣고 보니 죽은 자가 부활했을 때 그 의식의 후유증으로 두 눈의 동공이 붉어진다고 알고 있었다.

그런데 천마의 두 눈을 보면 전혀 붉지 않다.

이를 확인한 마중달은 점점 혼란스러워졌다.

부활한 태상교주가 아니라면 이런 젊은 나이에 자신과 버금가는 무위를 지닌다는 것이 말이 되지 않았다.

팍!

천마가 마중달의 검지에 손을 펴서 장법으로 우회했다.

부드러운 현천유장에 마중달의 신형이 흔들렸다.

보통의 고수라면 현천유장의 부드러운 초식에 휘말릴 테지만 마중달은 달랐다.

그가 왼손의 검지를 가볍게 움직이자 바닥에 떨어져 있던 검이 위로 튀어 올라 천마의 심장을 꿰뚫으려 했다.

"이기어검? 칫!"

천마가 아쉽다는 듯이 장결을 멈추고 뒤로 몸을 날려 거리를 벌렸다.

붙어 있는 상황에서 이기어검을 펼칠 만큼 마중달의 판단은 매우 빨랐다.

이기어검으로 튀어 오른 검을 단숨에 천마가 피해내자 마중달의 검병을 잡아 다시 검초를 펼쳤다.

촤촤촤촤!

검이 네 방향에서 절묘하게 찔러들어 왔다.

천마는 뒤로 피하는 와중에도 당황하지 않고 현천검을 크게 휘둘러 한 번에 네 방향에서 찔러오는 검을 튕겨냈다.

단순해 보이지만 절대로 쉬운 일이 아니었다.

'아니, 그럼 대체 이자는 누구란 말인가?'

마중달은 자신의 검을 너무도 쉽게 막아내는 천마를 보며 혼란스러웠다.

그는 근래 들어 초식의 구애를 벗어나 뜻이 따르면 검이 가는 경지에 이르러 있었다.

지금의 검초 역시도 워낙 절묘했기에 막기 힘들 거라 여겼는데, 뒤로 몸을 피하는 와중에 그것을 막아냈다.

탁!

뒤로 날린 몸이 발이 닿자마자 다시 천마가 마중달을 향해 검초를 펼쳤다.

별리검법의 애이불비(哀而不悲) 초식이었다.

꽃이 지는 것처럼 흩날리는 검초가 마중달을 향해 뻗어왔다.

'정말 이게 고작 약관에 불과해 보이는 자가 펼치는 검의란 말인가?'

검초에 이런 검의를 담는다는 것은 그만큼 삶의 시련을 겪어야 가능한 일이었다.

가슴이 먹먹해질 만큼 슬픔이 담긴 검초에 마중달이 인상을 찌푸리며 촘촘한 검망을 만들어내 초식을 막아냈다.

채채채채챙!

두 사람이 펼치는 초식 음은 경쾌했지만 슬픈 검의에 그 주위에서 대결을 펼치는 고수들이 영향을 받을 정도였다.

치열하게 목숨을 걸고 싸우면서도 가슴이 먹먹해져 왔다.

흠칫!

그것은 한창 치열한 공방이 이뤄지고 있는 동검귀 진경과 회색 장포의 무명 역시 마찬가지였다.

눈이 보이지 않기에 울려 퍼지는 검명에서 전해져 오는 검의가 더욱 뚜렷하게 느껴졌다.

'아니, 누가 이런 절절한 검의를 낸단 말인가?'

고절한 검초 속에 담긴 검의를 파악한 무명은 경악할 수밖에 없었다.

지금 상대하고 있는 동검귀 역시도 만만하게 볼 수 없는 상대인데, 검의가 사방에 전해올 만큼 고절한 실력자가 있으리라고는 상상도 하지 못한 그였다.

'설마? 아니야. 그럴 리가 없다.'

찰나의 순간에 천마를 떠올렸지만 아무리 절대강자라고 해도 고작 며칠 만에 천화만변진을 빠져나오는 것은 불가능했다.

'그렇다면 대체 누구지? 지금 마교에 이런 고수가 남아 있었나?'

눈이 보이지 않는 만큼 다른 감각들이 극도로 발달한 무명이다.

그러나 다른 사람도 아닌 오황의 일인인 동검귀를 상대하면서 타인의 정체를 파악하는 것은 어려운 일이었다.

챙!

잠시 혼란스러워하는 찰나에 동검귀의 일검이 그의 미간을 찔러왔다.

무명이 철장을 휘두르며 일검을 막아내는 한편으로 반대 손의 검지로 허공을 향해 검강을 날렸다.

팡!

무명의 검강에 쇄도채 오던 열힌 자루의 보섬이 사방으로 흩어졌다.

'소리만으로 모든 것을 알아채는 것인가?'

진경은 회심의 일격이 막힌 것에 아쉬워했다.

눈이 보이지 않기에 최대한 배후를 노렸다.

이번에는 직접 일격을 날리면서 보이지 않는 사각으로 이기어검을 펼쳤는데 귀신같이 그것을 포착해 냈다.

동쪽 망국의 출신이지만 오황이라는 칭호를 얻게 되면서 무림에서 같은 오황이 아니고는 자신을 상대할 자가 과연 있을까 했는데, 벌써 한 달 사이에 두 사람이나 마주쳤다.

'세상은 정말 넓구나. 하지만 더 이상은 지지 않는다.'

전의가 높아진 진경의 검초가 예상하지 못한 방향으로 뒤틀리며 다시 무명에게 쇄도했다.

휘리리릭! 채챙!

무명이 철장을 회전시키며 그것을 막아냈다.

열한 자루의 보검이 검강에 맞고 튕겨 나갔는데도 한 자루의 검으로 초식을 펼치는 진경의 검세는 이기어검을 펼칠 때보다도 훨씬 강했다.

'대체 이 검법은 무슨 검법이지?'

중원무림의 어지간한 무공은 전부 알고 있다고 자부하는 무명조차도 진경이 펼치는 검법의 연원을 추측하기 힘들었다.

그도 그럴 것이 진경의 검법은 중원무림의 무공이 아니라 동쪽 망국에서 패배가 없는 최고의 검법이라 불리는 곡산검공이었다.

'빨리 이자를 제압해야 하건만.'

예상보다 훨씬 강한 진경의 무위에 내심 당황스러웠다.

아무래도 현 무림에 대해서 자신이 너무 과소평가했음을 인정해야만 했다.

상황이 그리 좋지 않았다.

'이자만 붙잡는다면 남마검이 상황을 정리할 줄 알았건만.'

점차 예상과 다르게 흘러가는 상황에 무명의 냉철한 머리가 갈수록 복잡해져 갔다.

마중달이나 자신 중에 누군가가 상대를 제압하고 서로를 도와야 하건만 들려오는 검명을 얼핏 들으면 마중달 역시 쉽지 않아 보였다.

'이러다 정말 사달이 나겠구나!'

그런 무명의 불안한 예감은 들어맞았다.

"끝이다!"

"어엇? 아, 안 돼!"

좌악!

천극염의 검강이 실린 검에 마중달의 오른팔인 노양주의 목이 날아갔다.

비명조차 지르지 못하고 목숨을 잃고 만 것이다.

화경의 초입인 노양주는 근래에 현천신공의 십 단공에 올라 무공이 진일보한 천극염의 상대가 되지 못했다.

"흐흐흐, 이거 참 간단하군."

뚝뚝!

새로운 삼 장로인 마태도 벽영의 손에 핏물이 흥건한 수급이 들려 있다.

교주인 천극염이 노양주를 상대하고 있는 사이 지부에서 새로이 영입된 삼 장로 벽영과 다른 장로들이 앞다퉈 전공을 위해 남은 마중달의 수뇌부를 전부 죽였다.

현경의 고수인 마중달이 빠진 시점에서 마교 측에는 화경의 고수가 세 명인 반면에 마중달의 수뇌부는 일 장로 벽마도와 노양주만이 화경의 고수였다.

다른 이들은 초절정과 절정의 고수였기에 벽영에게 있어서는 어려운 상대들이 아니었다.

"이제 남은 것은 조사님과 동검귀에게 달렸나."

천극염이 네 명의 절대 고수가 펼치는 장황한 대결을 바라보며 중얼거렸다.

여전히 탈마도 오맹추와 벽마도가 치열하게 목숨을 건 대결을 하고 있었지만 누구도 그쪽으로는 시선을 주고 있지 않았다.

쾅!

그때 거대한 파공음이 울려 퍼지며 벌어진 사태에 천마와 마중달의 대결을 바라보는 수뇌부들이 경악을 감추지 못했다.

살아 있는 모든 존재는 기(氣)를 지니고 있다.

무림인들은 내공을 단련하면서 그 기를 키워 나가는데, 그 경지가 더욱 높아질수록 기가 불어나게 된다.

무공을 연마하는 무림인들이 꿈꾸는 경지인 화경에 이르게 되면 인간이 지닐 수 있는 최대의 기를 가질 수 있게 되고 운기가 뜻대로 원활해진다.

여기서 그 위의 경지는 현경의 경지라 하여 기의 이해도가 극에 이른다.

대자연의 기와 감응하여 내공의 한계가 없어지는 경지에 이르는데, 현경의 고수들은 기를 느끼는 데 굉장히 민감해진다.

흠칫!

천마와 손을 겨루는 와중에 마중달의 안색이 급격히 어두워졌다.

어느새 자신과 뜻을 함께한 수하들의 기운이 사라져 가고 있음을 눈치챘기 때문이다.

'노양주?'

심지어 마승과 더불어 광동을 제패하는 네 시대한 공을 세운 노양주의 죽음을 감지한 순간 마중달의 화는 한계에 이르고 말았다.

'이 상황에서 전력을 숨길 이유가 없구나!'

으득!

피가 날 정도로 입술을 깨문 마중달의 공력이 갑자기 폭증했다.

십 성 공력을 넘어서는 내공을 끌어낸 것이다.

챙!

"엇?"

검을 부딪치는 순간 천마의 신형이 강한 공력의 여파로 뒤로 밀려날 정도였다.

'공력이 폭증했다? 지금까지는 전력을 다한 게 아니로군.'

천마의 눈빛이 이채를 띠었다.

무림에는 삼 푼의 힘을 숨기라는 말이 있는데, 마중달의 숨긴 그 힘은 내가 무공에 있어서 절정이라 할 만했다.

챙!

천마가 자신을 향해 날아오는 패도적인 위력의 검강을 쳐냈다.

십 성 공력을 끌어냈음에도 불구하고 현천검의 검신이 떨릴 만큼 그 위력이 엄청났다.

'위험하군.'

지금까지는 고절한 검초를 펼쳤다면 이제는 야수로 돌변한 것처럼 성난 얼굴이 된 마중달의 일검 하나하나가 패도적으로 변했다.

콰콰콰쾅!

"헉?"

마중달이 검을 휘두를 때마다 천지가 감응하듯 검강이 대지를 갈랐다.

그 엄청난 파괴력으로 인해 이를 구경하고 있던 마교의 수뇌부가 놀라서 허둥지둥 그 여파를 피해야 했다.

촤악!

"끄악!"

미처 제대로 검강을 피하지 못한 육 장로 조궁의 팔이 잘려 나갔다.

아니, 팔이 검강에 휩쓸려 사라졌다고 해야 옳았다.

"물러나라!"

천극염이 다급한 목소리로 외쳤다.

현경의 고수들이 펼치는 고절한 대결을 보는 것만으로도 무위를 높이는 데 도움이 되기에 입을 벌리고 대결을 지켜보던 수뇌부이다.

콰콰콰쾅!

마중달이 휘두르는 검에서 뻗어 나온 검강은 통상의 그 위력을 넘어섰다.

이곳에 있는 고수들은 전부 초절정 이상의 실력자들임에도 불구하고 그 파괴력을 막아낼 수 없을 정도였다.

"말도 안 되는 위력이오!"

"어, 어서 피하게!"

까딱하다간 대결에 휘말려 죽게 생겼으니 더 이상 가까이에서 대결을 지켜보는 것은 무리라고 판단했는지 빠르게 거리를 벌렸다.

천극염도 얼른 가마 안에서 마연화를 빼내 최대한 거리를 벌렸다.

'주군?'

탈마도 오맹추와 생사의 대결을 펼치던 벽마도는 엄청난 파괴력의 검강의 여파에 놀라서 마중달을 힐끔 쳐다보았다.

어떠한 상황에도 냉정함을 잃지 않던 마중달의 분노는 주위의 어떠한 것도 신경 쓰지 못할 만큼 위험했다.

"본 장로를 상대로 어딜 한눈파는 것이냐?"

오맹추의 도강이 실린 날카로운 일도가 벽마도의 목을 파고들었다.

전황이 유리한 것을 알기에 어떠한 것에도 신경 쓰지 않고 승부에 집중하는 오맹추의 일격은 매서웠다.

"큭!"

까아아앙!

벽마도는 자신의 거대하면서 육중한 거궐도의 도신으로 일격을 막아냈다.

오맹추의 섬명도가 도신을 때리는 순간 한철로 만들어진 거궐도에 금이 가며 벽마도의 몸이 뒤로 밀려났다.

'됐다!'

"벽마도, 오늘 네 수급을 받아가마!"

그것을 놓치지 않고 오맹추가 계속해서 폭풍 같은 공세를 이어나갔다.

그러나 기본적으로 벽마도의 무위가 오맹추보다 한 단락이 높았기에 쉽게 치명적인 허점을 보이진 않았다.

자신마저 꺾이면 더 이상 마중달 측에 가망이 없음을 알기에 벽마도는 어떤 수를 쓰더라도 버텨내야 한다는 일념으로 더욱 신중해졌다.

콰콰콰콰쾅!

마중달의 패도적인 검강은 말 그대로 강(强)의 무공이었다.

지금까지는 강함과 부드러움이 섞인 고절한 검법으로 천마와 접전을 벌이던 마중달이었지만 이젠 인정해야만 했다.

절절한 검의가 섞인 천마의 검법은 그가 파고들 틈이 없을 만큼 견고하면서도 날카로워 장기적으로 간다면 치명적으로 디기을 확률이 높았다.

그렇다면 방법은 전의를 높인 강공으로 일격에 적을 없애는 것뿐이었다.

천마의 젊은 모습을 본다면 아무리 단련해도 수십 년 동안 내공을 연마한 자신보다 공력이 높을 수는 없다고 판단했다.

"하압!"

쾅!

마중달의 패검을 막는 천마의 안색은 어떠한 변화도 없었다.

마치 천천히 살펴보는 것처럼 강대한 공력에 밀려나면서도 검강을 잘 막아내고 있었다.

'좀 더 젊은 것을 내세워 버티는 것인가?'

아무리 내공에 제한이 없는 현경의 고수라고 해도 기본적인 체력에 한계가 있다.

천마가 어느 순간부터 방어에 치중하자 마중달은 답답함을 느끼기 시작했다.

하지만 그것은 오산이었다.

"뭐, 잘 봤다만 강공이라고 해도 단순함에 치중된다면 의미가 없지."

"뭐?"

천마가 검강을 쳐내며 왼손을 들어 올리자 마중달이 딛고 있는 지축이 흔들렸다.

기이한 현상에 당황한 마중달이 본능적으로 허공으로 뛰어올랐다.

그 순간 땅바닥이 갈라지며 회오리치는 검은 운무가 위로 솟구치더니 마중달에게로 쇄도했다.

"이건?"

알 수 없는 검은 운무의 짙은 마기에 마중달의 얼굴로 놀라움이 스쳤다.

많은 기의 유형화를 보았지만 마기가 유형화된 것은 본 적이 없는 그다.

"크흡!"

마중달이 몸을 회전하며 검망에 검강을 둘러 검은 운무를 방어했다.

검은 운무는 살아 있는 것처럼 사방을 둘러서 마중달을 압박했다.

파치치치칙!

마중달이 방어 초식을 펼치면서 두른 검강에 유형화된 마기가 닿자 놀라운 현상이 벌어졌다.

검은 운무와 부딪친 강기에서 새파란 번갯불이 튀며 상쇄되는 것이 아닌가.

마치 운집된 기를 분해시키는 것처럼 강기가 사라져 갔다.

'내게 이게 무슨……!'

당황한 마중달은 어찌해야 할지 고민하다 검강이 완전히 상쇄되기 전에 반탄강기에 심후한 진기를 토해냈다.

그러자 마중달의 주위로 원형의 막이 생겨나며 유형화된 마기를 배척했다.

"호오?"

더욱 강한 기세의 강기로 무작정 대응하기보다 무형화된 진기로 마기를 튕겨낸 것은 현명한 대처였다. 이에 천마의 눈이 이채를 띠었다.

하지만 이제부터가 현천신공 십삼 단공의 진정한 발현이다.

천마가 현천신검을 들자 마중달의 반탄강기에 튕겨졌던 검은 운무가 검으로 모이기 시작했다.

그러더니 검신을 뒤덮으며 검은 강기의 형태를 이뤘다.

[이게 십삼 단공의 현천강기다. 잘 봐둬라.]

'조사 어른?'

갑자기 들리는 천마의 전음에 대결을 지켜보던 천극염의 동공이 커졌다.

이 와중에 자신에게 현천신공의 더 높은 경지를 보여주려는 것이다.

이것은 역대 교주 누구도 이룩하지 못한 것을 천마가 우화등선하여 천 년간의 수련 끝에 얻은 경지였다.

꿀꺽!

마중달이 침을 삼켰다.

현경의 경지에 오른 후로 부단히 노력했기에 지금 그분을 제외한다면 중원무림에서 자신을 이길 수 있는 자는 아무도 없을 거라 여겼다.

그런데 천마의 검은 강기를 두른 검을 보는 순간 심장을 옥죄는 긴장감에 젖어들었다.

"대체 네놈은 누구냐? 마교, 아니, 무림 어디에서도……."

본 적이 없다고 말하고 싶었다.

슉!

마중달의 말이 끝나기도 전에 어느새 천마의 신형이 그의 앞으로 다가왔다.

"네놈에게 대답해 줄 의무는 없다."

"크윽! 이놈이!"

천마의 현천강기를 두른 현천검이 마중달의 반탄강기를 찔렀다.

쩌저저적!

그러자 원의 형태를 이루던 막에 금이 가더니 이내 반탄강기가 파훼되고 말았다.

마중달은 반탄강기가 파훼되는 것에 당황해하지 않고 강기를 실은 뒤 우문검경의 절초를 펼쳐서 천마를 공격했다.

채채채채채쟁!

강기와 현천강기를 두른 검의 절초가 부딪쳤다.

귀를 찢을 듯한 파공음이 사방에 울려 퍼지며 멀리서 대결을 지켜보는 이들의 속을 들끓게 만들었다.

그런 파공음에 무명의 입술이 들썩거렸다.

검명을 타고 흘러나오는 기의 잔향에서 소름이 끼칠 만큼 흉흉한 마기가 느껴졌다.

'이 마기는… 천… 마!'

무림, 아니, 중원 전체를 통틀어 이런 말도 안 되는 거대한 마기를 지닌 사람은 오직 단 한 사람뿐이었다.

마도의 종주라 불리는 천마만이 이런 절대적인 마기를 가졌다.

'노부의 천화만변진을 통과했단 말인가? 진정한 괴물이로

구나.'

오황의 다른 누구였다면 마중달이 패배하는 것을 상정하지 않았겠지만 상황이 달라졌다.

상대는 천 년 전부터 무림사를 통틀어 최강이라 불리던 괴물이었다.

동검귀와의 승부를 끌 상황이 아니었다.

"아쉽군. 자네와 같은 자와 겨뤄볼 기회가 또 있을지 모르겠네."

"무슨 소리를 하는 것이오?"

알 수 없는 무명의 말에 진경이 의아해하면서도 공세를 늦추지 않았다.

그러자 무명이 철장을 허리춤에 차며 마치 검집에서 발검하는 자세를 취했다.

검이 아닌 철장으로 발검을 펼치는 자세를 취했을 뿐인데 날카로운 예기가 흘러나오며 진경의 감각을 뒤흔들었다.

"일변만화."

챙!

낮은 중얼거림과 함께 무명이 발검하자 놀랍게도 철장이 뽑히며 검신이 모습을 드러냈다.

그저 철 지팡이가 아니라 긴 형태의 장검이 들어 있던 것이다.

"검이?"

발검과 동시에 펼쳐진 무명의 검초가 무수한 변화를 일으키며 진경에게 쇄도했다.

허점이 보이지 않는 엄청난 절초였다.

'위험하다. 최고의 초식으로 맞부딪쳐야 한다.'

무명의 절초를 막아내려면 곡산검공의 최고 절기를 펼쳐야 했다.

전의를 가다듬은 진경의 보검이 강한 빛이 발하더니 놀라운 기세의 검초가 발현했다.

무명이 펼치는 일변만화의 초식에 뒤지지 않는 엄청난 절초였다.

채채채채챙!

두 절대 고수의 검초가 부딪치며 천마와 마중달에 못지않은 파공음이 사방에 울려 퍼졌다.

향후의 행방이 걸린 두 대결이 절정에 이른 것이다.

촤악!

"이, 이럴 수가!"

대결을 지켜보는 모두의 입에서 경악성이 흘러나왔다.

무명의 철검이 선을 그으며 검을 들고 있는 동검귀 진경의 오른팔을 베어낸 것이다.

"컥!"

진경의 잘린 팔에서 피가 분수처럼 뿜어져 나왔다.

설마 오황 중의 일인인 진경이 밀릴 거라 상상하지 못한 수뇌부는 당혹감을 감추지 못했다.

무명의 흉측한 입가로 승기로 인한 희열이 떠오르려는 찰나였다.

그의 눈에 진경의 왼손 검지가 꿈틀거리는 것이 보였다.

푹!

"크악!"

무명은 자신의 가슴에 튀어나온 날카로운 검날을 바라보며 어이없어했다.

"대, 대단하구나. 과연 동검귀……."

설마 그 위험천만한 절초의 대결 속에서 이기어검을 펼칠 거라고는 상상도 하지 못했다.

그야말로 살을 내주고 뼈를 취한 셈이었다.

심장이 꿰뚫린 무명이 선혈을 토해내며 바닥으로 쓰러졌다.

"와아아아아아아!"

대결의 승자는 동검귀 성진경이었다.

수뇌부는 자신들도 모르게 아직 천마의 대결이 끝나지 않았는데도 환호성을 내질렀다.

이제 자신들의 조사가 보기 좋게 마중달의 목을 베면 완전한 승리를 이룩한다.

상대는 오황이기에 긴장의 끈을 놓을 수가 없었다.

채채채채챙!

"빌어먹을!"

천마의 현천강기가 실린 검초를 막아내는 마중달의 입에서 거친 소리가 튀어나왔다.

검을 부딪칠 때마다 공력이 흩어져 더 이상 검강을 유지할 수 없는 지경에 이르렀다.

'대체 이게 무슨 말도 안 되는 현상이란 말인가?'

상기와는 완전히 상극을 이루는 현천강기는 말 그대로 강기의 천적이었다.

천마의 손에서 펼쳐지는 검초는 갈수록 쾌속해지고 매서워져 갔다.

그 순간 마중달의 검에 둘러져 있던 검강이 희미해졌다.

"하압!"

챙! 쩌저저적!

기합과 함께 천마의 마지막 일검이 부딪치자 마중달의 보검이 부러지며 검강이 아지랑이처럼 사라졌다.

착!

"아……."

현천검의 차가운 검날이 어느새 그의 목에 닿아 있었다.

한 번도 겪어본 적 없는 압도적인 힘에 패배한 마중달이 허탈한 눈빛이 되었다.

수많은 감정이 그의 머릿속을 스치고 지나갔다.

허탈함, 후회, 슬픔, 분노.

그런 감정 중에서 그를 가장 괴롭게 하는 것은 절대적인 분노였다.

"본좌가… 본좌가 지다니……."

만약 천극염 측의 이러한 절대적인 강자의 존재를 미리 눈치챘다면 이런 일이 일어나지 않도록 방비했을 거라는 후회마저 들었다.

"…네놈은 누구냐?"

마중달이 분노에 사로잡혀 물었다.

"네놈은 대체 누구기에 이 마중달의 앞을 가로막느냔 말이다!"

모든 것을 잃은 마중달이 이성 따윈 내던지고 절규하듯 외쳤다.

자신을 막아선 자가 누구인지도 모르고 패배와 죽음을 받아들이기에는 너무도 억울했다.

"크큭, 웃긴 놈이군. 이미 한 번 마주한 적이 있을 텐데? 신교의 금지 구역에서 말이야."

"뭐? 금지 구역?"

천마의 의미심장한 말에 마중달의 동공이 흔들렸다.

부교주로 임하는 동안 마교의 금지 구역으로 직접 간 적이 없다.

유일하게 단 한 번 무형화된 검기로 금지 구역을 향해 간섭한 적이 있는데 마연화를 위협하는 거대한 마기의 존재를 막기 위해서였다.

'그곳은 마교의 시조를 기리는 제단이 있는 곳인데 설마……?'

그 순간 마중달이 뭔가를 깨달았다는 듯이 경악한 눈빛으로 밀했다.

"설마 그대는……."

촤악!

피가 분수처럼 솟구쳤다.

그의 말이 끝나기도 전에 현천검이 목을 스치며 마중달의 머리가 바닥을 뒹굴었다.

그런 마중달의 수급을 들어 눈을 마주한 천마가 이죽거렸다.

"크큭, 그래, 내가 천마다."

동공이 커진 마중달의 시야가 그대로 검게 물들었다.

죽는 순간에 자신이 상대한 자가 마교의 시조임을 깨닫게 되었으니 최악의 불행이라고 할 수 있었다.

광동의 서쪽 평야에서 마교와 오황이자 광동성의 패자인 마중달 측이 벌인 수뇌부 대전의 결과는 마교 측의 승리로 돌아갔다.

"와아아아아아아!"

"조사님!"

마교의 장로들이 천마가 마중달의 목을 베는 순간 환호성을 내질렀다.

마음을 졸이면서 지켜보던 이들이었지만 천마의 소름 끼치도록 강한 무위에 혀를 내둘렀다.

화경 이상 고수들의 대결은 장기전으로 악화되는 경우가 많았다.

그런 점에서 이번 대결은 현경에 이른 절대 고수들의 대결이었기에 아무리 시조인 천마라고 할지라도 장기전으로 이어질 수 있다고 여겼건만 천마는 보기 좋게 마중달의 목을 베었다.

천 년의 유구한 세월 동안 처음으로 마교를 내부에서부터 집어삼키려던 암적인 존재를 완전히 제거했으니 진정한 탈환이라 할 수 있었다.

탁!

억울한 마음에 눈을 부릅뜬 채 죽음을 맞이한 마중달의 수급을 천마는 바닥에 내팽개쳤다.

그것을 장로 중 하나가 냉큼 챙겼다.

이 수급이 미칠 영향은 단순히 마교의 완전한 탈환만이 아니었다.

중원무림에 있어서 균형을 맞추고 있던 절대자의 균형이 새롭게 바뀌는 순간이기도 했다.

"조사 어른!"

천극염이 기쁜 얼굴로 다가오자 천마가 입꼬리를 올리며 말했다.

"마중달은 네 녀석이 벤 거다."

"네? 그, 그게 무슨 말씀이온지……."

"뭘 모른 척하는 거냐?"

예상하지 못한 천마의 말에 천극염이 당혹감을 감추지 못했다.

그도 그럴 것이 정작 마중달의 목을 벤 당사자가 그 승리의 공을 자신에게 넘긴다고 하니 말이다.

다른 전공이라면 모를까 마중달의 수급은 달랐다.

이를 꺾는다는 것은 새로운 오황의 자리에 오르는 것을 의미한다.

"조사 어른, 아무래도 그것은 타당하지 못한 듯합니다. 아직 저는 현경의 경지를 밟지도 못했는데……."

"그럼 다른 녀석들에게 전공을 넘겨도 괜찮단 말이냐?"

"네? 아니, 어째서 그러시는 것입니까? 조사님께서 직접 베었다고 무림에 공표하는 것도……."

"크큭, 그런 허명 따위, 이미 내겐 필요 없다."

광오한 천마의 말에 천극염은 고개를 끄덕일 수밖에 없었
다.

이미 무림 역사상 가장 강한 무인으로 알려진 것이 천마인
데 현 무림의 오황의 칭호가 탐이 날 리 없었다.

하지만 천마에게는 허명일지라고 해도 다른 이들에게까지
허명은 아니었다.

현 무림에 있어서 가장 영광된 칭호가 오황이라는 위치이
다.

"명색이 교주가 되어서 그 정도 칭호는 당연히 가지고 있어
야 하는 것 아니냐?"

천마의 직설적인 한마디에 괜히 머쓱해지는 천극염이다.

사실 마교의 교주 중에서 무림의 패권에서 정점에 가깝지
않던 자는 없었다.

전대 태상교주조차도 오황의 칭호를 가지고 있었는데, 그
후대인 천극염만이 유일하게 무림에서 명성이 저조했다.

조사의 배려에 거절할 필요는 없었기에 천극염이 조심스레
고개를 끄덕였다.

"뭐, 좋아할 필요는 없다."

"네?"

천마가 들떠 있는 수뇌부에게 들리지 않도록 천극염의 귓가에 속삭였다.

"네 녀석도 낯이 있다면 이 칭호를 가지고도 수련을 게을리 하진 않겠지. 크크큭."

그의 말에 안색이 급격히 어두워지는 천극염이다.

오황의 칭호를 가진 이상 그에 부끄럽지 않게 실력을 키워야만 했다.

하지만 말은 장난스럽게 했어도 천마가 생각하는 그림은 단순히 이것뿐만이 아니었다.

적어도 차세대 오황이 마교에 여전히 건재하다는 것을 알림으로써 당분간 외부 세력을 견제하기 위함이었다.

'오황 중 두 명이 마교에 상주한다는 정보만으로도 적어도 한쪽이 앞서는 체제는 막을 수 있기도 하고.'

여전히 검문이 패권을 차지한 무림이다.

여기서 단일 세력으로는 최고를 자랑하는 마교에 오황 중 둘이 있다는 정보만으로도 검문과 거의 동일선상에 설 수 있게 된다.

천마가 가장 크게 바라는 것은 검하칠위의 반란이 성공하는 것이다.

그러나 현실적으로 그것은 무리라고 판단했다.

무위뿐만이 아니라 문파로서 무림의 정점에 선다는 것은

음모와 수작, 갖은 지략이 난무하는 전장을 이겨내야만 가능한 자리였다.

'멍청이가 아니라면 대책을 세워놨겠지.'

물론 천마의 예상대로 검하칠위의 반란은 실패로 돌아갔다.

단지 예상하지 못한 부분은 검황이 중독되지 않고 완전히 건재하다는 점이었다.

파파파파팍!

강렬한 파공음이 여전히 끊이지 않는 단 하나의 싸움이 남았다.

마중달의 죽음으로 싸움이 거의 마무리된 상황 속에서 유일하게 여전히 접전을 벌이고 있는 이는 탈마도 오맹추와 전이 장로인 벽마도였다.

벽마도가 무위에 있어서는 조금 더 우위였지만 마중달의 기가 완전히 사라지면서 전의를 상실한 지 오래였다.

챙!

오맹추의 힘이 넘치는 도초를 막던 그의 육중한 거궐도가 힘없이 날아갔다.

결국 한참을 겨루던 양대 도객의 대결은 벽마도의 패배로 끝이 났다.

"…졌다."

"하아! 배를 잘못 갈아탄 것을 후회해라. 하아!"

상처나 남은 체력을 본다면 누가 더욱 우위였는지는 확실하게 알 수 있었다.

온몸이 상처투성이에 지쳐서 거친 호흡을 내뱉는 오맹추에 비해 벽마도는 여전히 호흡이 안정적이었다.

하지만 벽마도의 눈빛은 그야말로 혼란 그 자체였다.

'정말 어리석은 선택이었는가?'

태상교주가 아닌 현 교주로 오면서 더 이상 마교에는 미래가 없다고 판단했다.

그 불안감은 검문과의 전쟁에서 확실하게 증명되었다.

그래서 마도의 법칙에 따라 폐인이 된 천극염을 버리고 강자인 부교주 마중달을 교주로 추대하기로 마음먹었다.

그런데 마교에 설마 저런 절대적 고수가 숨겨져 있으리라고는 상상도 하지 못했다.

한참을 후회하던 벽마도가 허탈한 눈빛으로 입을 열었다.

"오맹추, 하나만 묻자."

"본 장로가 알려줄 성싶으냐?"

"옛정이란 것도 없나?"

"옛정이 있는 놈이 교주님을 배반하고 마중달을 모신 거냐?"

"크흠!"

강자존의 법칙에 따른 것이기에 부끄러움은 없지만 패자는 유구무언이다.

아무 말 없이 눈빛을 보내는 벽마도를 향해 오맹추가 고개를 끄덕였다.

그러자 벽마도가 멀리 천극염 옆에 서 있는 흑색 장포를 입은 청년을 바라보며 물었다.

"저자는 대체 누군가?"

십만대산의 정점인 마교의 교주 천극염과는 비교도 할 수 없을 만큼 거대한 마기.

오히려 순도가 높다고 해야 옳았다.

과거 태상교주의 전성기 시절보다도 훨씬 순도 높은 마기는 마공을 극성으로 익힌 그조차도 흉흉하면서도 숨이 턱 막힐 만큼 공포를 느끼게 만들었다.

오황의 일인인 마중달의 목을 고작 반 시진도 되지 않아 벨 정도이니 그 정체가 궁금할 따름이었다.

"저자?"

"그래."

벽마도의 말에 오맹추가 눈을 무섭게 뜨며 낮은 경고조로 말했다.

"벽마도 네놈이 함부로 칭할 분이 아니시다."

"뭐? 함부로 칭해? 대체 누구기에 그렇게 말하는 건가?"

"…저분은 십만대산의 어버이시자 마도의 종주이시다."

진지하면서도 경외심이 넘치는 목소리에 벽마도가 황당한 표정을 지었다.

무림에서 단일 세력으로는 최고인 마교에서 수석 장로를 맡고 있는 탈마도 오맹추였다.

그런 그가 함부로 거짓을 말할 리 없었다.

'십만대산의 어버이라니? 그런 터무니없는 소리를 하다니! 그럼 천마 조사께서 부활이라도 했단… 잠깐, 설마?'

태상교주 시절부터 장로를 지내온 이들은 천 년 동안 마교를 지켜온 유수의 명문 일족이기도 했다.

그런 만큼 마교 내의 기밀 사항들을 접했고, 교 내에 금지된 술법이 더러 존재하는 것을 암묵적으로 알고 있었다.

"정말… 정말 그분이신가?"

벽마도의 목소리가 떨려왔다.

비록 그가 마중달을 교주로 추대했지만 뿌리까지 마교의 교인이었다.

마교를 강성하게 만들고자 하는 마음이 강해서 극단적인 방법을 택했지만 당연히 교의 창시자인 천마를 향한 존경심과 경외가 없을 리 없었다.

"아아, 진정… 진정 조사께서 현신하신 것인가?"

눈물까지 글썽이는 벽마도를 보며 오맹추가 자랑스럽다는

듯이 고개를 끄덕였다.

그러자 벽마도가 부끄러워하는 듯한 표정으로 바닥에 머리를 찧었다.

교인으로서 믿음이 약해진 자신을 벌하는 것이었다.

"그래도 이렇게 죽기 전에 만마의 어버이를 뵙게 되다니…홍복일세. 조사께서 계시다면 더 이상 교를 걱정할 필요가 없겠네."

"당연한 것 아닌가?"

벽마도는 진정으로 기쁘다는 표정과 함께 뭔가를 결심했는지 천마가 있는 방향을 향해 엎드려 절을 올렸다.

당연히 조사의 정체를 알았으니 그럴 만도 하다고 여긴 오맹추가 이를 지켜봤다.

그러나 다음으로 벽마도가 벌인 행위에 경악할 수밖에 없었다.

"조사께서 세우신 교를 어지럽혔으니 이 미천한 신도는 벌을 받아야 마땅합니다! 직접 존안을 배알하지 못함을 용서하소서! 천마신교! 천천세!"

"헉! 자, 자네……!"

그 말과 함께 벽마도가 자신의 거궐도를 향해 달려가 도 날에 목을 내밀었다.

너무도 순식간에 벌어진 일이기에 오맹추는 벽마도의 목이 떨어지는 것을 막을 수가 없었다.

비록 마중달에게 붙어 반역을 주도한 죄인이기는 했지만 교로 압송하거나 천극염의 처분에 맡기려 한 오맹추였다.

"무슨 일인가?"

멀리서 이를 지켜보던 천극염이 인상을 찌푸리며 다가왔다.

이에 오맹추가 방금 전에 있던 일들을 간략히 설명했다.

그 말을 들은 천극염이 두 눈을 지그시 감더니 고개를 절레절레 흔들었다.

'벼마도……'

과거의 벽마도는 수석 장로 중에서도 굉장히 교에 대한 충성도가 높았다.

그런 그가 천마의 정체를 알고 기뻐하며 죽었다는 말에 스스로의 부족함을 통감했다.

결국 그는 죽기 전까지도 마교의 미래를 걱정했다는 말이다.

'본좌가 강했다면 이러한 일도 없었을 테지.'

이런 마음이 든 천극염의 두 주먹에 힘이 들어갔다.

한 번 더 스스로 강해질 것을 다짐한 천극염이 마음을 다잡고 강인해진 눈빛으로 주위를 둘러보았다.

언제 빼냈는지 마중달의 여식인 마연화가 망연자실해 눈물을 흘리고 있었다.

전신의 혈도가 점해져 움직일 수 없기에 앞을 똑바로 바라봐야 한 그녀는 아비인 마중달의 목이 베이는 장면을 꼼짝없이 보고 말았다.

아비의 죽음을 눈앞에서 목격했으니 그 충격이 큰 것은 당연했다.

"쯧쯧."

비록 반역자의 여식이기는 했지만 안타깝게 생각한 장로들이 혀를 찼다.

그런 마연화를 향해 천극염이 다가와 점해놓은 혈도를 풀어주었다.

멍하니 앉아서 앞을 응시한 채 눈물을 흘리고 있는 모습이 안타까운 것은 그 역시도 마찬가지였다.

딸을 키우는 입장에서 마중달이 승리했다면 천나연 역시도 매우 슬퍼했을 것이다.

이를 떠올린 천극염은 그녀에게 자비를 베풀었다.

"아아아아아아아아악!"

점혈을 풀자 그녀가 절규하며 바닥에 엎드려 울었다.

한참을 울어대던 마연화가 진정되었는지 고개를 들었다. 그러고는 핏줄이 터져 붉어진 눈으로 섬뜩하게 천극염을 노려보며 말했다.

"죽이시죠! 저를 죽이지 않는다면 맹세하건대 기필코……!"

촥!

"컥!"

그녀의 말이 끝나기도 전에 목에 붉은 선이 생기더니 머리가 바닥으로 힘없이 떨어졌다.

마연화의 잘린 목에서 피가 분수처럼 뿜어져 나왔다.

"흥, 맹세하긴 뭘 맹세해?"

못마땅하다는 듯이 콧방귀를 뀌는 목소리.

마연화의 말이 끝나기도 전에 그 목을 벤 자는 다름 아닌 천마였다.

잠시 마음이 약해져 그녀의 말을 듣고 있던 천극염은 이 같은 천마의 잔인한 행동에 당황스러워했다.

"조사 어른!"

"멍청하긴. 적에게 잔정을 남기지 마라. 불쌍하고 가련한 계집으로라도 보였나? 그 작은 불씨 하나가 되돌릴 수 없는 후환을 남기는 법이다."

천마의 충고에 뭔가를 말하려 하던 천극염이 이내 입을 닫았다.

그의 말을 반박하기에는 너무도 옳았기 때문이다.

일순간 마음이 약해져 마연화와 식솔들은 풀어줄까 고민하던 천극염이다. 하지만 그들을 풀어준 순간부터 새로운 후환거리가 될 것이 자명했다.

그때 칠 장로가 믿을 수 없다는 표정으로 소리쳤다.

"크, 큰일입니다, 교주님!"

바닥을 뒹구는 마연화의 머리를 보며 씁쓸해하던 천극염과 천마가 칠 장로를 쳐다보았다.

칠 장로가 서 있는 곳은 동검귀 진경이 이기어검으로 회색 장포의 무명의 심장을 꿰뚫어 죽인 곳이다.

"엇?"

그런데 놀라운 일이 벌어졌다.

그곳에는 당연히 있어야 할 죽은 무명의 시체가 존재하지 않았다.

마치 처음부터 없던 것처럼 핏자국 하나 없이 시신이 사라지고 없었다.

"이게 대체 무슨 영문이야?"

천극염이 이해할 수 없다는 듯이 그곳으로 다가가 흔적을 살폈다.

누군가가 나타나서 끌고 갔다고 보기에는 어디에도 끌린 자국조차 없었다.

50장
격변하는 무림

사라진 무명의 흔적.

심장이 꿰뚫려 죽음을 맞이한 자가 사라진 데 가장 놀란 사람은 동검귀 진경이었다.

분명 이기어검으로 그의 심장을 꿰뚫었고 그 감각이 생생했다.

숨이 끊어지는 것을 눈앞에서 확인했다.

"그럴 리가 없을 텐데 이상하오."

"성 대협, 부상이 심하니 무리하지 말게."

팔이 잘린 낯에 출혈이 심한지 안색이 창백한 진경을 보며 천극염이 염려하듯 말했다.

예전이라면 모를까, 다행히 마교에는 잘린 팔을 접합할 수 있는 사타가 있었다.

차가운 한기를 다루는 신공을 연마한 칠 장로가 그의 팔을 차갑게 얼려두었다.

그러나 임시 조치였기 때문에 서두르지 않으면 잘린 팔 부위가 괴사할 수도 있었다.

"이곳은 본 교주가 해결할 터이니 성 대협께서는 신교로 돌아가 사타 선생에게 치료를 받도록 하게."

"정말 잘린 팔을 접합할 수 있겠소?"

군관으로 있던 시절에도 잘린 팔을 붙였다는 말은 들어보지 못했다.

진경이 믿을 수 없다는 듯이 묻자 천극염이 자신의 팔 접합 부위를 보여주며 말했다.

"본 교주의 팔도 접합한 신의이니 믿게나."

밑져봐야 본전이기에 진경이 고개를 끄덕였다.

한시가 급한 상황이기에 진경은 칠 장로를 대동해 마교로 돌아갔다.

어느새 다가온 천마가 바닥의 흔적을 살피고 있다.

"흠?"

"어찌 된 영문인지 알겠습니까?"

"어찌 된 영문이긴, 죽지 않았으니깐 도망쳤겠지."

"네? 심장이 뚫렸는데 죽지 않았다고요?"

"이 많은 고수 틈에 놈의 시신을 몰래 가져가는 것이 가능하다고 보나?"

천마의 말대로 한창 대결이 펼치지는 상황이었다고 해도 천극염을 비롯해 현경, 화경의 고수들과 초절정 고수들 사이로 침투해 시신을 빼가는 것은 불가능에 가까웠다.

아무리 은닉의 고수라고 해도 무리였다.

천마의 말대로 본인이 식섭 움직여 몰래 도망쳤을 가능성이 높았지만, 심장이 꿰뚫린 자가 살아나서 움직였다는 것이 문제였다.

"하나 조사 어른, 모두가 보았습니다. 그자가 죽은 것을."

"죽은 자도 되살아나는 세상이다. 죽음을 숨기는 것쯤은 일도 아니겠지. 어차피 모습을 감추었다고 해도 때가 되면 드러낼 것이다."

"그런 위험한 자를 놓쳤으니 더욱 경계를 강화해야 할 것 같습니다."

천마야 아군이니 그렇다고 치지만, 현 무림에 처음으로 오황에 버금가는 실력자가 모습을 드러냈다.

그런 무위의 실력자가 마교를 배후에서 조종하고 간섭하려 들었다.

그것은 절대로 가볍게 여길 부분이 아니었다.

그들은 자신들이 선택한 패인 마중달이 죽음을 맞이했으니 어떤 식으로든 모습을 드러내거나 후속 조치를 가하려 들 것이다.

'혈교, 검문, 그리고 그 눈깔이 없는 놈. 크큭, 쉽게 넘어가는 것이 없군.'

천마는 이 사건을 통해 어쩌면 검문과 혈교 이외에도 또 다른 흑막이 있을지도 모른다는 추측을 하게 되었다.

머리가 복잡해졌는지 천마가 고개를 절레절레 흔들었다.

"남은 정리는 교주가 알아서 하도록."

"알겠습니다."

"설마 뒤처리에도 내 도움이 필요한 건 아니겠지?"

"설마 그럴 리가 있겠습니까. 조사 어른께서 마중달의 수급을 주신 것만으로도 충분합니다."

천극염은 포권을 하며 남은 일을 처리하기 위해 수뇌부를 이끌고 장가계의 단하산으로 떠났다.

그것은 수뇌부가 비어서 몸통만 남은 마중달의 세력을 처리하기 위해서였다.

마중달 측에 남아 있는 세력의 팔 할가량은 원래 십만대산의 본 단 출신의 마교도였기에 그들을 병합한다면 원래에는 미치지 못해도 상당한 세를 회복하게 된다.

광동성 최남단의 한 깊은 산골짜기.

인적이 드문 산기슭 깊숙이에 자리한 동굴.

"쿨럭쿨럭, 끄으으으으!"

어두운 동굴 안에 울려 퍼지는 기침 소리가 누군가가 있음을 말해주고 있다.

뭔가 고통스러운지 신음성과 함께 울리던 기침 소리가 어느 순간 멎었다.

부스럭거리는 소리와 함께 이윽고 동굴 바깥으로 인영이 모습을 드러냈다.

"하아, 하아⋯⋯!"

힘겨운 듯 거친 호흡을 내뱉고 있는 인영은 다름 아닌 무명이었다.

상체 부근에 핏자국이 선명한 붕대를 감고 있는 그는 이곳에 숨어서 상처를 치료하고 있던 모양이다.

"심장의 위치가 보통 사람들과 다르지 않았다면 그대로 절명했겠군. 쿨럭쿨럭!"

기침을 할 때마다 가슴이 쓰라렸다.

놀랍게도 그의 심장은 우측 가슴이 아닌 반대쪽으로 치우쳐 있었다.

그 덕분에 이기어검에 꿰뚫리고도 살아남을 수 있었던 것이다. 물론 신의에 가까운 놀라운 의술 실력도 회생에 한몫했다.

천마의 존재를 알아차린 무명은 죽은 척 연기하며 겨우겨우 도망쳤다.

만약 천마가 마중달을 상대하느라 정신이 팔려 있지 않았다면 이것도 불가능했을지 모른다.

"천운이라고 해야 하나."

덜덜!

손이 떨려왔다.

그것은 도망치기 전에 천마가 펼친 현천강기를 떠올리면서부터였다.

한 번도 겪어본 적이 없는 그 절대적인 힘은 대체 무엇일까?

"…되살아나도 괴물은 괴물이라는 건가."

처음 천마가 부활했다는 정보를 접했을 때는 그저 과거의 부산물로만 여겼다.

지금 그의 부활은 현 무림과 그 이면에 숨겨진 적들을 상대하기에는 부족하다고 생각했는데, 그 힘을 확인하고 나니 아니었다.

부활한 지 얼마 되지 않았음에도 불구하고 이빨 빠진 호랑이가 아니라 여전히 그 이는 어떠한 적도 찢어 죽일 만큼 날카롭게 살아 있었다.

"마교를 손에 넣었어야 하는데… 낭패로구나."

그동안 세워온 계획이 전부 무산되었다.

그분께 뭐라고 해명해야 할지 난감했다.

바로 그때였다.

흠칫!

무명의 예민한 모든 감각을 경계시킬 만큼 강대한 기운이 느껴졌다.

쉬지 않고 며칠을 도망처 남히횄는데 실마 이곳까시 마교에서 추적한 것인가 싶어 당황한 무명의 손에 힘이 들어갔다.

주변에 진법을 쳐놨으니 곧 이 강대한 기운의 주인이 모습을 드러낼 것이다.

이윽고 숲을 가로질러 한 인영이 모습을 드러냈다.

녹색 죽립을 쓰고 있는 자였는데, 놀랍게도 굉장한 상체 근육을 가진 거구의 사내였다.

"아!"

눈이 보이지 않는 무명이 잘 알고 있는 기척의 존재였다.

거구의 사내는 무명이 동굴 주변에 쳐놓은 진법에 익숙한 듯 가볍게 생문을 통과해 그 안으로 들어왔다.

"이곳에 숨어 있었군, 무명."

"쿨럭쿨럭! 자네가 이곳에 온 것을 보니 그분께서 보냈군."

"당연한 소릴."

긴장이 풀렸는지 무명이 손에 들어갔던 힘을 풀며 큰 바위에 기대앉았다.

그런 무명을 응시하던 거구의 사내가 녹색 죽립을 벗었다.

죽립 안에 잘 발달된 근육과는 어울리지 않는 백염의 노인이 얼굴을 드러냈다.

노인임에도 불구하고 검황 못지않은 강한 인상의 소유자였다.

특이한 것이 있다면 이 거구의 노인은 오른팔이 없었다.

하지만 움직이는 것에 부자연스러움이 없는 것으로 보아 꽤 익숙한 모양이다.

"갔던 일은 어떻게 되었나?"

노인의 질문에 무명이 씁쓸한 얼굴로 고개를 저었다.

그러자 노인이 불같이 성난 표정으로 무명을 다그쳤다.

"지금 그걸 말이라고 하는 것인가? 분명 자네 선에서 해결할 수 있다고 하지 않았나?"

그저 화를 낸 것뿐인데 그 기세가 어찌나 강한지 부상을 입은 무명이 견디기에 상당히 벅찼다.

"쿨럭!"

무명의 입에서 선혈이 흘러내리자 노인이 아차 싶었는지 발산하던 기세를 죽였다.

기세가 잠잠해지자 무명이 잠시 호흡을 고르고 입을 열었다.

"변수가 있었네."

"변수?"

"천마가 협상 자리에 있었네."

"천마? 그자는 천화만변진에 가둬두었다고 하지 않았나?"

천화만변진은 어떠한 절대 고수도 쉽게 풀 수 있는 가벼운 진법이 아니었다.

실제로 거구의 누인은 시험 삼아 천화만변진을 섞어보았다. 그 역시도 강대한 힘으로 그것을 풀어보려 했지만 결국 실패했다.

"괴물이더군. 그것을 고작 며칠 만에 풀어낼 줄은 몰랐네."

"그래?"

노인의 하얀 눈썹이 꿈틀거리며 얼굴에 흥미가 감돌았다.

아니, 오히려 호승심이라고 해야 옳을 것이다.

그것을 눈치챘는지 무명이 고개를 절레절레 저으며 말했다.

"아서게. 그자는 노부가 상상한 것 이상으로 강했네. 어쩌면 그분만이 상대가 가능할지도……."

"흥! 본좌를 과소평가하는군."

노인이 가볍게 왼팔을 휘두르자 강한 풍압이 일어났다.

써서서석!

풍압에 주위에 투명하게 둘러져 있던 진법에 금이 가며 산산조각이 나고 말았다.

급하게 친 진법이지만 단순히 힘만으로 깰 수 있는 것이 아니었는데 압도적인 역량으로 부숴 버리자 무명 역시도 상당히 놀란 듯했다.

'진법을 힘으로 풀다니?'

"허어, 한 단계 진보했군."

"고작 한 팔이 없다고 본좌가 약해질 것 같은가? 하하하하핫!"

무명의 놀란 목소리에 흡족한지 노인이 호탕하게 웃었다.

한바탕 웃어대던 노인이 진지한 눈빛으로 물었다.

"자네는 가까이서 그자를 보았는데, 본좌와 그 천마가 붙는다면 누가 이길 것 같은가?"

"하아……."

터무니없는 질문이었지만 쉽게 답변하기도 힘들었다.

상대는 무림사에 있어서 다시없을 최강자라 불리던 무인인 천마였다.

물론 그것은 엄밀히 말해서 과거의 평이다.

"솔직히 짐작하진 못하겠네. 하나 승부가 그저 타인의 평만으로 해결될 일은 아니지. 다만 그를 과거의 잔재라고는 생각지 말게."

방금 전의 그 엄청난 기세를 보지 않았다면 생각할 것도 없이 천마라고 했을 것이다.

하지만 절대 고수들 간의 대결은 강렬한 전의가 승패를 가로지를 때가 있다.

만족스러운 답변은 아니었지만 아까보다는 달라진 평에 만족했는지 노인이 고개를 끄덕였다.

"마중달은 어떻게 되었나?"

"…죽었네."

"큭, ㄱ 건방진 애송이기 죽었다니 아깝군."

노인은 정말로 아쉬운지 입맛을 다셨다.

마중달은 오황의 일인이기에 그들에게 있어서 굉장히 필요한 패였다.

마도 세력을 규합할 수 있는 패를 잃었기에 모든 계획을 변경해야 할지도 몰랐다.

"…일단은 해남도로 돌아가야 하네."

"팔 하나 정도는 각오해야 할 걸세."

"두 눈도 없는 마당에 그게 무슨 대수인가. 중요한 것은 해남도로 돌아가 그분께 아뢰어 계획을 다시 변경해야 하네."

무명의 말에 동의하는지 노인도 고개를 끄덕였다.

그런데 문득 무명은 이상한 것을 발견했다.

생각해 보니 노인이 해남도에서 왔다면 남쪽에서 왔어야

하는데 동굴의 맞은편은 북쪽으로 향하는 길이다.

"자네 혹시 북쪽에서 왔나?"

"역시 만박, 아니, 무명 자네는 정말 똑똑하군."

"설마 그분께서 차후에 계획한 것을 미리 당기셨단 말인가?"

"후후후, 그분께서는 이미 자네의 실패를 어느 정도 염두에 두고 계셨지."

"허어……."

무명의 탄성에 거구의 노인이 의미심장한 눈빛으로 북쪽을 바라보았다.

비슷한 시기의 하남성 북단 무림맹.

검황의 집무실로 급한 전보들이 날아와 그의 심기를 어지럽혔다.

집무실 책상 위의 전보엔 하나같이 같은 내용이 담겨 있었다.

검하칠위들의 반역으로 주춤거리던 무림맹을 다시 바로 세우기 위해 무림 대회의를 개최하는 공문을 보냈는데, 어제부터 이를 거절하는 전서들이 대거 날아온 것이다.

"이게 대체 무슨 일이란 말인가?"

쾅!

분노에 가득한 검황의 주먹에 집무실 책상이 부서졌다.

부서진 책상과 함께 엉망으로 흐트러진 전서들을 내려다보며 검황이 중얼거렸다.

"사파 놈들이 진정 본좌를 우습게 여긴 것인가?"

전서들은 전부 사파의 문파, 방파들이 보낸 것으로 대다수가 무림 대회의 참석을 거절하는 내용과 심지어 무림맹을 탈맹하겠다는 내용마저 적혀 있었다.

"여봐라!"

"넵!"

검황의 호령에 집무실 밖에서 대기하던 맹의 무사들이 들어왔다.

검황이 노기 섞인 목소리로 명했다.

"당장 곤륜에 있는 검하칠위의 일석 유심원을 맹으로 불러라!"

불과 일년 전에 검문 천하로 확고하게 굳혀진 것이 현 무림의 판도였다.

정파 무림을 통합한 후 사파와 마교 정벌에 성공한 검문은 무림 역사상 최초로 삼대 세력을 통합한 무림맹을 이룩했다.

그러나 북해와 백타산 정벌이 실패로 돌아간 후 급격하게 정세기 바뀌있다.

마교를 시작으로 사파 세력이 우후죽순 탈맹하는 사태가 벌어진 것이다.

검하칠위의 반역이 있었다고는 하나 여전히 검문의 저력은 사파를 아우를 정도의 성세를 유지하고 있었다.

무림맹 밖에는 천 명에 이르는 대규모의 무사들이 오 열을 맞춰서 대기 중이고, 성안의 입구 안쪽에는 검황이 노기 서린 얼굴로 누군가와 마주하고 있었다.

파란 비단 의복을 입은 무표정한 얼굴의 중년인으로 독특한 것은 등에 검집과 도집을 교차해 메고 있었다.

"주군께 심려를 끼치게 만든 사파의 무리를 토벌하고 오겠나이다."

무표정한 얼굴과 다르게 힘 있고 생기가 넘치는 목소리에는 진기가 가득했다.

든든한 목소리에 검황이 흡족한 듯 고개를 끄덕였다.

"오자마자 곧장 보내서 미안하게 생각하네, 심원."

"그런 말씀 마십시오. 주군께서는 오직 명만 내리시면 됩니다."

그는 검하칠위에서 첫 번째 서열인 용검호도의 유심원이었다.

무림에는 독특한 무공의 소유자들이 많았지만 그중에서 가장 독보적인 사람을 꼽는다면 유심원을 들 수 있을 것이다.

염사곤과 더불어 가장 충성심이 높은 그는 다른 검하칠위들과 다르게 검문의 호법 가신으로 현 무림에 있어서 차기 오황이라 불릴 만큼 그 무위와 명성이 드높았다.

"그럼!"

검황에게 당당하게 포권을 한 유심원이 몸을 돌려 성 밖으로 나갔다.

그가 성 밖으로 모습을 드러내자 무사들의 고조된 열기가 함성으로 터져 나왔다.

"와아아아아아아아!"

용 문양이 새겨진 가벼운 금빛 갑주를 입은 그들은 검황 직속의 창천대와 더불어 최고의 전력이라 불리는 금용대였다.

그들의 사기가 들끓는 함성에 대기가 요동쳤다.

최고 전력인 금용대를 보낸다는 것은 검황이 확실하게 사파 세력을 숙청하려는 의지를 대변하는 것이다.

무림맹 내의 검문 본 단 전각 위.

드넓은 무림맹의 성 전체가 훤히 보이는 전각 위에 한 남자가 서 있다.

그는 검황의 둘째 제자이자 무림맹에서 군사직을 맡고 있는 석금명이었다.

'역시 빠르구나.'

전략과 지략을 구사하는 군사의 관점에서는 시운과 전황을 중시한다.

사파 세력의 일부가 탈맹한 것이라면 모를까 대다수가 나왔다는 것은 배후에 숨겨진 흑막이 있을 수도 있다는 말이다.

좀 더 전황을 살핀 후에 여러 방도를 강구할 법도 하지만 검황은 망설임 없이 최고 전력을 투입시켰다.

'저런 빠른 결단력으로 무림을 통일했지.'

세부적인 전략과 지략은 자신이 짰지만 대개의 결단은 검황이 내렸다.

그렇기에 삼대 세력을 통합하는 무림사에 있어서 큰 위업을 달성한 것이다.

그러나 마교와 사파 세력의 탈퇴로 다시 상황은 원점으로 돌아갔다. 이로 인해 무림은 새로운 격변의 시기를 맞이하게 되었다.

처음에는 속수무책으로 당하던 사파 무림이 검황의 건재함에도 불구하고 탈맹을 시도했다는 것은 숨기는 바가 있거나…….

'구심점이 생긴 것일 수도 있지.'

북호투황의 사후 구심점을 잃은 사파 연맹이지만 여전히 사파에도 걸출한 영웅들이 있었다.

그들 중에 누군가가 나서서 구심점이 되었을 확률이 높았다.

과거 검문과의 전쟁에서 사분오열되어 패한 사파였기에 그들은 이번에는 확실하게 뭉칠 것이다.

'이번에는 쉽지 않을 것이다. 마교에서 이 기회를 놓치지 않으려 할지도 모르겠군.'

죽은 줄 알고 있던 마교주 천극염이 되살아나 마교를 탈환하고 마중달을 숙청한 사실이 이미 무림 전체로 퍼져 나갔다.

물론 마교의 정보단인 현화단이 일부러 소식을 풀어 빠르게 퍼뜨린 것도 한몫했다.

무림인들은 님나겸을 벤 천극염을 남마황이라 부르며 이미 새로운 오황으로 부르고 있었다.

그러나 세간의 평과 다르게 일부에서는 마중달의 목을 벤 자가 마교의 식객이 된 동검귀일지도 모른다는 소문도 파다했다.

어느 것이 진실이든 마교는 빠르게 예전의 성세를 회복하고 있었다.

'…마교마저 움직인다면 본 문의 힘이 크게 약화되겠지.'

이런 정확한 판단에도 불구하고 석금명은 검황의 신뢰를 잃었다.

이번에 탈맹하는 사파 세력을 응징하는 결단도 군사인 그와는 일체 상의 없이 결정된 것이다.

전략을 갖추지 않은 전법은 아군을 위험으로 몰 수 있었다.

그것을 알릴 수도 있었지만 이 대계의 큰 그림이 누구에게서 나왔는지 알기에 석금명은 그저 입을 닫고 그저 지켜보기만 했다.

금용대의 출정식과 함께 그 소식은 호외가 되어 전 무림으로 퍼져 나갔다.

무림맹과 사파 세력의 대규모 충돌이 기정사실이 된 시점.

모든 무림의 문파들이 바쁘게 정보단을 움직여 이를 주시했다.

이 충돌의 결과에 따라 무림은 다시 삼대 세력의 균형 체제로 갈지 아니면 다시 검문이 패권을 잡을지가 결정된다.

단하산에 마중달 측에 붙었던 세력을 병합하면서 상당한 세력을 회복한 마교 역시도 이 충돌을 주시하고 있었다.

엄밀히 얘기하면 주시하는 것이 아니라 이를 기회로 포착하고 있었다.

마교의 대전 내에서는 수뇌부가 모여 두 파로 나뉘어 갑론을박을 주고받으며 회의를 하고 있었다.

일 장로 오맹추를 비롯한 이 장로 같은 기존의 장로들은 이 시점을 노려서 검문의 본 단을 칠 것을 주장했다.

반면 삼 장로 마태도 벽영 등 새로 영입된 장로들은 입을 모아 검문과의 충돌을 반대했다.

그들의 주장은 마중달 측에 붙었던 병합된 세력이 아직 안정되지 않았고 무리한 충돌은 다시 마교의 세력을 약화시킬 수도 있다고 이구동성으로 외쳤다.

"허어, 답답하구려. 검문에 당한 치욕을 갚고 본 교의 신물을 찾아올 기회는 지금이 적시오."

전 오 장로이자 현 이 장로는 일 년 전의 수모를 잊지 않았다.

지금은 완쾌했지만 교주가 양팔이 잘리는 수모를 겪은 그들이 입장에서는 검문의 시신이 분산되있을 때야말로 최고의 기회라 생각했다.

"그동안 고생하신 이 장로님의 뜻은 알겠지만 검문이 사파와 전쟁을 벌인다고 해도 그 힘이 아직 완전히 약화된 것이 아닙니다. 무리한 진격으로 까딱하다가는 아군의 전멸로 이어질 수도 있습니다."

"허어, 이리 답답해서야……."

"답답한 건 저희들입니다. 이리 전후를 가리지 않으면 본 교에 전혀 이로울 게 없습니다."

두 파로 나뉘어 대립하는 모습에 교주 천극염은 신중을 기했다.

이 장로의 말대로 그동안의 치욕을 씻을 수 있는 기회이기는 했으나 검문은 아직 힘이 약화되지 않은 상황이다.

마교에서 이 기회를 구실 삼아 병력을 움직이게 된다면 검문은 사파보다도 이쪽으로 전력을 투입할 확률도 무시할 수 없었다.

하지만 만약 검문이 사파 세력과 존폐를 걸고 전력 대결로 번지게 된다면 마교에 있어서는 그야말로 절호의 기회이기도 했다.

어느 하나 틀린 말이 없기에 최종 결정권자인 천극염의 고민이 컸다.

'군사 마뇌의 부재가 정말 크구나.'

마교의 지략을 담당했던 군사 마뇌가 있던 시절에는 전력 분석에서 시시각각 정확한 전략을 구사할 수 있었지만 지금 마교에서 전략 구상이 가능한 사람은 조사인 천마와 현화단주 정도가 다였다.

현화단주는 정보 단체를 담당하고 있기에 군사의 자리를 거부했고, 조사인 천마는 공식적으로 정무에 개입하지 않겠다고 했기에 난감하기만 했다.

'유능한 군사를 구해야 할 터인데……'

많은 추천을 받아가며 유능한 군사를 구하려 했지만 인재를 발견하기가 쉽지 않았다.

교 내에서는 마중달의 역모 때 많은 인재가 숙청되면서 군사의 역량을 가진 자를 찾기 힘들었다.

그렇다면 외부로 눈을 돌려야 하는데, 어느 누가 쉽게 마교의 군사가 되길 자청하겠는가.

고민하는 천극염의 귓가로 좌호법의 전음이 들려왔다.

[교주님, 서문에서 전갈이 왔습니다. 어떻게 할까요?]

중요한 회의 중임을 감안해서 전음으로 물은 것이다.

천극염이 알겠다는 표정과 함께 고개를 끄덕이자, 이윽고 대전의 회의실 문이 열리며 한 중년의 교인이 들어와 무릎을 꿇었다.

"미천한 신교의 교인이 교주님을 배알합니다."

한창 회의 중이던 장로들이 시선이 중년의 교인에게로 향했다.

중년의 교인은 서문을 담당하는 문지기 중 한 명이었다.

"무슨 일로 대전까지 온 것이냐?"

"교주님, 지금 서문의 응접실에 백타산장의 사자가 도착했습니다."

"뭣?"

백타산장이라는 말에 천극염을 비롯한 장로들의 표정이 바뀌었다.

중원무림에서 서역 방향에 자리한 백타산장의 장주가 누군지 모르는 무림인은 없을 것이다.

"서독황!"

오황의 일인이자 서무림의 공포라 불리는 서독황은 여타의 무림인뿐만이 아니라 다른 오황들조차도 직접 겨루기를 꺼리는 독술의 일인자였다.

그의 손에 스치기만 해도 극악한 독기에 생명을 잃기에 가장 상대하기 힘든 적으로 꼽고 있었다.

그런 백타산장에서 사자가 왔다는 것은 서독황 구양경이 보낸 인물이라는 뜻이다.

"허어……."

다른 이도 아니고 오황 중에 가장 위험한 남자라 불리는 서독황의 사자를 추방할 수 없기에 천극염은 사자의 입성을 허가했다.

그러는 한편으로 왠지 모를 불길함을 감지한 천극염은 좌호법에게 일러 조사인 천마를 모셔오라 했다.

같은 시각, 사타의 거처 앞에 자리한 의료원.

천마는 곰방대의 담배를 피우면서 침상에 거의 쓰러지듯 엎드려 있는 괴의 사타를 바라보고 있었다.

어젯밤부터 새벽까지 몇 시진에 걸쳐 대수술을 하고 나서 체력이 바닥 난 사타였다.

반대편 침상 위에는 동검귀 성진경이 식은땀을 흘리며 잠들어 있었다.

"수술은 성공적인가?"

"켈켈, 노부를 뭐로 보는 것이오. 주군의 잘린 팔도 이렇게 멀쩡히 접합하지 않았… 흠흠, 습니까?"

사타의 말투는 확실히 예전보다 공손해져 있었다.

천마의 말대로 편하게 대했다가 우호법에게 두드려 맞고 기절한 후로는 눈치가 보여 조심할 수밖에 없었다.

침상 위에 누워 있는 성진경의 팔 접합 부위는 깨끗하게 봉합되어 붕대로 감싸여 있었다.

"뉘가 길렀는지 몰라도 정말 깨끗하게 베어서 접합하는 데 정말 편했소, 주군. 켈켈."

천마의 원래 주인인 사마영천의 팔을 벤 사마가의 장자는 미천한 도법 실력을 지녔지만 동검귀 성진경의 팔을 벤 회색 장포의 무명은 현경의 고수였다.

완벽한 검술로 베었고 원래 본인의 팔이었기에 접합에 전혀 거부감이 없어서 수술하기에 한결 편한 사타였다.

단지 신경과 근육을 일일이 접합하는 일이었기에 체력은 고갈되었다.

"언제쯤 깰 것 같나?"

"아마 하루나 이틀 뒤쯤이면 가능할 것 같… 흠흠, 습니다."

"흠."

천마가 이렇게 동검귀 성진경의 안위를 물어본 것에는 녹옥불장 때문이었다.

성진경은 마교를 방문하기 전에 녹옥불장을 어딘가에 숨겨 두었다.

마중달과의 일이 마무리된 후 마교로 복귀한 천마는 남아 있던 천여휘에게 진경이 소림사의 백팔나한진과 승부를 했음을 듣게 되었다.

멀쩡히 마교로 왔으니 분명 녹옥불장을 얻었을 것이다.

'하필 물어보려는 찰나에 접합 수술에 들어갈 줄이야.'

원래는 먼저 마교로 돌아간 성진경은 한쪽 눈에 검은 안대를 하고 독특한 웃음소리를 내는 사타의 괴기한 모습에 불신해서 한동안 수술받기를 거부하다 어제가 되어서야 접합 수술을 받은 것이다.

'뭐, 그래도 녹옥불장을 얻었으니 성과가 크군.'

큰 기대를 하지 않았는데 설마 소림사의 무패를 자랑하는 백팔나한진과 겨뤄서까지 그것을 얻어낼 줄은 몰랐다.

항마법구인 녹옥불장은 이치를 흩뜨리는 존재를 감지하는 신기를 지니고 있었다.

이것을 통해 부활한 혈교의 무리를 추적할 수 있는 발판을 마련한 것이나 마찬가지였다.

"아무튼 이 녀석이 깨어나면 나에게……."

똑똑!

그때 누군가 의료원의 문을 두드렸다.

바깥에서 느껴지는 기척만으로 좌호법임을 알아챈 천마가 들어오라 했다.

"조사님을 배알합니다."

"후우~ 뭐냐?"

담배 연기를 내뿜으며 천마가 귀찮다는 듯이 묻자 좌호법이 조심스러운 목소리로 말했다.

"조사님, 지금 본 단의 대전으로 교주님께서 와주십사 합니다."

"어이, 내가 분명 정무에는 관여하지 않는다고 했을 텐데?"

못마땅해하는 천마의 말투에 그의 심기가 불편하다는 것을 느낀 좌호법이 최대한 눈치를 보면서 말했다.

"그게… 백타산장에서 사자가 왔는데 뭔가 이상합니다."

"뭐가 이상해?"

"백타산장의 장주는……."

콰쾅!

그의 말이 끝나기도 전에 벌어진 일이다.

의료원 안까지 들릴 만큼 거대한 폭발음에 천마를 비롯한 좌호법과 사타가 놀라서 의료원 바깥으로 뛰쳐나왔다.

굉음성이 들려온 곳을 바라보니 그곳은 바로 본 단의 대전 방향이었더.

대전 건물 위로 검은 연기가 뭉실뭉실 피어오르고 있었다.

"교, 교주니이이이이이임!!"

이에 경악한 좌호법이 절규하듯 소리를 지르며 본 단의 대전을 향해 경공을 펼쳤다.

반각 전.

본 단의 대전 밖으로 백타산장의 사자가 도착했다.

오황 중에서 가장 위험하다고 알려진 남자 서독황 구양경이 보낸 사자라는 말에 회의는 어느 순간 뒷전이 되어버렸다.

대전의 문이 열리며 머리부터 전신을 백색 옷으로 두른 한 사내가 들어왔다.

백타산장은 서역에서도 무더운 지역에 자리하고 있어서 그곳 출신의 사람들은 대개가 햇볕에 강한 백색 옷을 입었다.

백타산장의 사자라 밝힌 사내는 대전의 한가운데로 들어와 포권을 취했다.

"천마신교의 교주님을 뵙게 되어 영광입니다. 백타산장에서 온 능이라고 합니다."

"능?"

외자의 독특한 이름을 가진 사내의 인사에 천극염도 가볍게 인사를 건넸다.

"먼 곳에서 이곳 십만대산까지 오느라 고생하셨소. 본좌는 신교의 교주직을 맡고 있는 천극염이라고 하네."

천극염은 마교 탈환을 진행하기 전에 서독황의 도움을 받았다.

서독황이 답신으로 검황의 중독을 얘기하지 않았다면 마교 탈환을 결정하는 데 더욱 고심했을 수도 있었다.

단지 후에 와서는 그것이 검황의 연기로 밝혀졌지만 말이다.

"그래, 장주께서는 무탈하시오?"

지금으로부터 이십 년 전에 태상교수가 전대 오황으로 군림하던 시절에 각 오황이 모여서 무공으로 천하제일을 논한 자리가 있었다.

그 당시 소교주이던 천극염이 참관하여 서독황을 본 적이 있었다.

역대 오황 중에 가장 젊은 나이었음에도 불구하고 최악의 위험한 남자라 불린 구양경의 위용은 그야말로 명불허전이었다.

'논검을 시작하자마자 구양경을 가장 먼저 견제할 정도로 대단했지.'

그때를 떠올리면 서독황이 참으로 대단함을 알 수 있었다.

현 오황 중에서 유일하게 전대부터 지금까지 현역을 유지하고 있는 자는 구양경뿐이었다.

당금 무림의 패자인 검황조차 백타산 정벌대를 대대적인 규모로 편성하고 견제할 만큼 위험한 남자인 것도 틀림없었다.

"장주께서는 여전히 잘 계십니다."

그런데 이상하게도 백타산장의 사자는 대전에 들어와서도 얼굴을 백색 천으로 가리고 있었다.

한 문파의 수장을 앞에 둔 자치고는 예법에 어긋났다.

모두가 그것을 의식하면서도 쉽게 입 밖으로 꺼내진 못했다.

현 상황에서는 백타산장과의 관계를 원만하게 이어나가는 것이 마교에 있어서도 이득이었기 때문이다.

그러나 모두가 그렇게 생각하는 것은 아니었다.

성정이 급한 육 장로 복마권 태윤이 심기 불편한 얼굴로 불만을 표했다.

"이보시오, 아무리 사자라고 해도 적어도 한 일문을 방문해서 그 수장을 뵙는 자리에서 얼굴을 가려도 되는 것이오?"

육 장로의 돌발적인 한마디에 다른 장로들이 놀란 눈치였지만 내심 속은 시원해졌다.

이에 백타산장의 사자 능이 손사래를 치며 말했다.

"아아, 제가 무례를 범했군요."

그 말과 함께 얼굴을 두르고 있던 흰 천을 벗었다.

사내의 얼굴이 드러나자 좌중의 장로들 눈이 이채를 띠었다.

사내는 온 얼굴에 독특한 문양의 검은 문신을 빼곡하게 하여서 원래의 얼굴이 어떤지 짐작하기 힘들었다.

'이래서야 천을 두른 것과 별 차이가 없지 않나.'

얼굴을 드러낸 능이 새하얀 이를 드러내며 말했다.

"보다시피 남에게 보이기 힘든 낯이라 가리고 있었습니다만… 무례를 범할 수야 없지요."

"그런 사정이 있는 줄은 몰랐소. 사과드리겠소이다."

육 장로 태윤이 일어나 포권을 하며 미안함을 드러냈다.

이를 가만히 지켜보던 천극염이 다시 말을 이어갔다.

"그래, 백타산장의 장주께서 어떤 일로 사자를 보낸 것인지 말해보겠나?"

본론으로 들어가자는 의미이다.

그러자 능이 빙그레 웃으며 걸치고 있던 백색 상의를 탈의했다.

갑작스러운 행동에 의아해하던 장로들이 사내의 드러난 상반신을 보곤 눈살을 찌푸렸다.

"이건?"

사내의 상반신에는 수십 개의 작은 호리병이 살점에 걸려 있었다.

그것도 얇은 철사로 꿰어서 호리병을 몸에서 떼지 못하게
잘 고정시킨 상태였다.

"이게 무슨 괴이한 행동이오?"

"서독황께서 안부를 전해달라고 하셨습니다."

"안부?"

"흐흐흐, 황천길로 잘 가시라고 말입니다."

"뭣?"

화르르륵!

그 말이 끝남과 동시에 사내의 온몸에서 붉은 열기가 치솟
았다.

대전 안에 있는 모든 사람이 그 뜨거움을 느낄 만큼 강렬
한 극양공이었다.

그제야 이것이 노림수였다는 것을 알아챈 장로들이 소리쳤
다.

"함정이다! 피, 피해랏!"

"늦었다! 끄으으으으으아아아아아!"

쾅!

장로들이 미처 자리에서 일어나 몸을 떼기도 전에 문신 사
내의 열기가 극에 이르며 붉게 물든 몸이 폭사(爆死)했다.

문제는 폭사하는 것과 동시에 호리병이 연쇄적인 폭발을 일
으켰다.

콰콰콰콰쾅!

"위험합니다!"

폭발을 하는 것과 동시에 우호법이 몸을 던져 교주 천극염의 앞을 가렸다.

그러나 그 폭발의 위력이 상상을 초월했다.

대전 내부 전체가 순식간에 강렬한 폭염으로 뒤덮었다.

대전 밖으로 도망치기에 늦었다고 판단한 장로들은 모두가 극성의 공력을 끌어 올려 호신강기를 펼쳤지만 폭염의 위력을 그대로 맞고 말았다.

웅성웅성!

거대한 폭발음이 일어난 대전의 바깥으로 수많은 교인이 모여들었다.

검은 연기가 대전의 창문 밖으로 피어오르고 있었다.

"교주우우우우우우니이이이임!!"

이윽고 좌호법이 대전 근처에 도착했다.

연기가 피어오르는 대전 내로 들어가려는 그의 팔목을 누군가 붙잡았다.

탁!

"누가 감히? 앗! 조, 조사님!"

어느새 도착한 천마가 그의 팔목을 잡은 것이다.

어째서 천마가 자신을 만류하는지 이해하지 못한 좌호법은 대전 앞에 서 있는 교인들을 보며 깨닫고 말았다.

치이이이익!

"끄아아아아악!"

"도, 독이다!"

앞서서 대전으로 들어가려던 교인들이 비명을 질러댔다.

검은 연기에 몸이 노출되는 순간 교인들의 얼굴을 독기가 잠식하며 검은 실핏줄이 온몸을 뒤덮었다.

검은 연기에서 나오는 독기가 어찌나 강한지 주위의 교인들이 차례대로 쓰러져 갔다.

이대로 가다간 연기가 교 내 전체로 퍼져 나가 모두가 중독되는 최악의 사태가 벌어지고 말 것이다.

"이, 이럴 수가! 조, 조사님, 이를 어찌한단 말입니까?"

좌호법이 망연자실한 눈으로 대전을 바라보며 물었다.

대전 내에는 생사 불명인 교주와 수뇌부들이 있었고, 검은 연기는 점차 짙어지며 주위로 퍼져 나가고 있었다.

"빌어먹을, 어떤 놈인지는 몰라도 아주 잔머리를 제대로 굴렸군."

천마는 검은 연기로 뒤덮인 대전을 바라보며 혀를 내둘렀다.

천 년 전의 기억을 되짚어도 이런 식으로 독을 이용하는 것은 천마 역시도 처음 경험했다.

그에게 있어서 독은 수단에 불과했는데, 이를 보니 최악의 무기라는 생각마저 들었다.

퍼져 가는 검은 연기가 어느새 천마의 코앞까지 들이닥쳤다.

"조, 조사님, 아무래도 피하셔야 할 것 같습니다."

좌호법이 다급한 목소리로 천마에게 말했다.

이미 가까이 다가간 교인들이 독에 중독되어 쓰러지는 것을 지켜본 교인들이 놀라서 대피하느라 좌중은 아수라장에 가까웠다.

"네 녀석이나 물러나 있어라."

"네? 조, 조사님?"

당황해하는 좌호법을 뒤로한 채 천마가 대전 방향을 향해 손을 휘저었다.

그와 동시에 갑자기 강한 돌풍이 일어나며 천마가 있는 방향으로 퍼져오던 검은 연기가 뒤로 밀려났다.

심후한 공력으로 바람을 일으킨 것이다.

"아아!"

검은 연기가 기세가 꺾여 뒤로 밀려나자 천마의 몸에서 상상을 초월하는 진기가 폭사되었다. 그가 양손을 위로 들어 올리자 놀라운 일이 벌어졌다.

넓은 대전 주위의 바닥에서 검은 연기보다도 짙은 흑색 운무가 올라왔다.

고오오오오!

바닥에서 피어오른 흑색 운무는 허공으로 치솟아 어느새 대전 전체를 뒤덮었다.

덕분에 바깥으로 퍼져 나간 검은 연기가 운무에 갇히고 말았다.

"오오오오!"

놀라운 광경에 아비규환이 되어 도망치던 교인들이 자리에 멈춰 서서 그것을 지켜보았다.

"후우, 하아아아압!"

천마가 기합과 함께 들어 올린 팔을 교차하며 회전시켰다.

그러자 대전 전체를 뒤덮은 흑색 운무가 회오리를 치기 시작했다.

천마의 회전하는 손이 빨라지자 흑색 운무의 회오리도 점차 가속하며 폭풍처럼 위로 치솟았다.

그러자 안에 갇혀 있던 검은 연기가 요동을 치며 회오리를 따라 허공으로 퍼져 나갔다.

"이, 이게 진정 인간이 펼칠 수 있는 힘이란 말인가?"

좌호법이 넋을 놓고 이를 바라보며 탄성을 내질렀다.

사라져 가는 검은 연기를 보며 교인들이 환호성을 내지르며 천마를 외쳤다.

"천마! 천마! 천마!"

천마가 보이는 힘은 그야말로 신기라 부를 만큼 그 위용이 대단했다.

하지만 광범위한 위력의 흑색 운무를 다루는 천마의 진기와 심력 소모는 그만큼 엄청났기에 온몸이 식은땀으로 젖어들었다.

'크윽! 젠장, 탈진할 것 같군.'

마기를 유형화시키는 흑색 운무를 이만큼까지 광범위하게 운용해 보는 것은 천마에게 있어서도 보험이었다.

슈우우우우욱!

한참을 회오리치던 흑색 운무가 차츰 가라앉았다.

흑색 운무가 흩어지며 사라지자 검은 연기로 가득하던 대전이 원래의 모습을 드러냈다.

물론 폭발과 독기에 노출되었던지라 대전이 반쯤 무너지고 바깥의 목조가 부식되어 엉망이긴 했다.

털썩!

"조, 조사님!"

흑색 운무가 사라지자 천마가 탈진했는지 바닥에 주저앉았다.

얼굴을 홍건히 적시고 있는 땀만 보아도 그가 얼마나 무리했는지 알 수 있었다.

"호들갑 떨지 마라. 네 녀석은 내 호법을 서고, 당장 교인들을 대전 안으로 보내 녀석들이 무사한지 살피게 해라."

"충!"

천마의 명에 좌호법이 주위에서 환호를 지르던 교인들을 진정시키고 대전 내로 들여보냈다.

마기의 소모가 컸던 천마는 운기조식으로 진기를 가다듬었다.

그사이 교인들은 구조대를 편성해 입구가 무너진 대전 건물을 파헤치고 안으로 진입했다.

폭발로 인해 대전 내부의 기둥들이 쓰러지고 건물 천장도 내려앉아 있었다.

말 그대로 내부는 폐허와 다름없는 상태였다.

"세상에!"

"놀랄 시간이 없다! 바깥에 있는 이대와 삼대에게 일러서 내부를 지탱할 목조 기둥을 가져오게 하고 일대는 교주님과 장로님들을 구조한다!"

"충!"

건물이 완전히 무너지지 않게 교인들은 조심스럽게 내부로 진입했다.

그 덕분에 구조에 시간이 걸릴 수밖에 없었다.

한참을 조심스럽게 내부로 진입한 그들은 대전의 한가운데에 자리한 회의실 쪽에 당도했다.

'얼마나 지독한 독기였으면 목조가 이렇게까지 부식된 거지?'

조금만 늦었다면 대전 건물이 완전히 무너져 구조 자체가 힘들었을 것이다.

조심스럽게 주위를 살피던 한 교인이 경악한 목소리로 외쳤다.

"차, 찾았다!"

"야! 위험해! 소리 지르지 마! 조용히!"

"헙!"

소리가 울리는 것만으로 붕괴 직전의 건물에 미치는 영향이 컸다.

대주의 다그침에 놀란 교인이 입을 막고 대전의 한쪽 편을 가리켰다.

"아!"

교인이 가리킨 방향은 대전 내부에서 기둥이 밀집되어 있는 지점이었는데, 그곳에는 온몸에 재가 엉겨 붙어 엉망인 인영들이 보였다.

죽은 듯이 꼼짝도 하지 않고 있는 인영들을 바라보며 교인들이 침을 꿀꺽 삼켰다.

어느새 해가 지고 저녁이 되자 마교 본 단의 대전 건물 근처가 횃불로 환했다.

붕괴되기 직전의 대전 건물 내의 구조가 길어지면서 바깥에서 기다리는 교인들의 마음은 애가 탔다.

하필이면 교 내의 수뇌부 전체가 폭발과 독기에 휘말렸다.

처음에는 재가 엉겨 붙어 있던 그들을 무작정 구출하려 하던 구조대 중 몇 명이 무심결에 수뇌부에게 손을 댔다가 덩달아 중독되고 말았다.

그 때문에 천잠사로 짠 복장을 갖춰 다시 진입하느라 지체될 수밖에 없었다.

가장 먼저 구조되어 나온 것은 교주 천극엄이었다.

"교, 교주님이시다! 와아아아아아!"

"교주님! 아이고, 교주님!"

생사 불명의 교주가 모습을 드러내니 교인들의 감정이 격해졌다.

그러나 생각보다 교주의 상태는 좋지 않았다.

옷은 독기로 다 타들어갔고 얼굴과 몸 전체가 재로 까무잡잡했다.

"교주님!"

바깥에서 오매불망 기다리던 좌호법이 들것에 실리고 있는 교주에게로 달려왔다.

독기에 오랜 시간 노출되어 있던 교주의 상태는 위독했다.

좌호법이 거의 울상이 되었다.

"교주님, 속하가 부족하여 교주님을 이리 위험에 처하게 만들었나이다! 으허허헝!"

딱!

"억!"

그때 좌호법의 뒤통수를 누군가 세차게 때렸다.

"아픈 놈 앞에서 질질 짜지 말고 비켜라."

"추, 춘!"

당황한 좌호법이 뒤통수를 부여잡고 민망한 표정으로 옆으로 물러났다.

자신을 때린 사람이 누구인지 바로 알아챘기 때문이다.

"흠."

운기조식을 마치고 어느 정도 기운을 회복한 천마가 손에 진기로 얇은 막을 만들어 천극염의 혈에 손을 가져다 대었다.

"조, 조사님, 독기 때문에 위험합니다."

교주를 구출해서 나온 구조대의 조장을 맡은 교인이 화들짝 놀라며 만류했다.

아무것도 모르고 손을 댄 교인들이 독에 중독되었다.

그런 교인의 말을 귓등으로도 듣지 않고 천마는 천극염의 혈에 손을 가져다 대고 기를 불어넣었다.

"흠?"

천마가 불어넣은 진기가 천극염의 혈맥을 타고 들어가 내부의 상태를 살폈다.

폭발과 함께 일어난 독기에 장시간 노출된 천극염은 역시 중독되어서 몸 전체로 독이 퍼져 나가 있었다.

'그래도 제때에 호신강기를 펼쳤나 보군.'

아무리 독기가 강하다고 해도 화경의 고수가 호신강기를 펼치면 침투해 오는 독기를 어느 정도 막을 수 있었다.

만약 단순히 독만을 하독했다면 무사했을 수도 있겠지만 강한 폭발이 연쇄적으로 일어나면서 호신강기가 깨진 것 같았다.

그나마 심후한 내공이 없었다면 천극염은 절명했을지도 모른다.

"어이."

"네엡!"

"건물 하나를 통째로 비워뒀나?"

"지, 지금 구조 삼대에서 건물이 없는 외곽 편에 독기가 새어 나가지 않도록 격리된 임시 막사를 만들고 있습니다."

"빨리 옮겨라. 그리고 사타를 불러라."

"충!"

천마의 명에 구조대는 급히 천극염을 들것에 싣고 성내 외곽으로 옮겼다.

어떤 독인지 파악되지 않았기에 격리 조치를 취하는 것이다.

교주에 이어서 차례대로 대전 바깥으로 구조되어 나왔다.

불행이라고 해야 할지, 아니면 다행이라고 해야 할지 모르겠지만 대부분의 장로들이 무공 수위가 높았기에 중독은 되었지만 겨우겨우 명줄을 이어가고 있었다.

"이럴 수가……."

그러나 폭발과 독기를 모두가 비껴낸 것은 아니었다.

살아 있는 자들을 먼저 구조했고, 뒤이어서 나온 것은 시신이 된 우호법과 칠 장로, 구 장로 등이었다.

무공이 상대적으로 낮은 그들은 미처 호신강기를 펼치는 것이 늦었다.

그 탓에 화상과 지독한 독기로 절명하고 말았다.

"어찌 이런 일이… 크흑!"

사고를 듣고 달려온 죽은 장로 가족들의 통곡 소리가 사방에 울려 퍼졌다.

안타까운 것은 우호법이었다.

좌호법은 심한 화상으로 얼굴의 형태마저 알아보기 힘든 우호법의 시신을 바라보며 망연자실해 서 있었다.

그의 시신을 옮겨온 교인들이 말했다.

"…교주님을 보호하시느라 폭발을 그대로 맞아 절명하신 것 같습니다."

무사한 다른 장로들에 비해 교주의 상태가 괜찮았던 것은 이런 우호법의 희생이 있었기 때문이다.

좌호법이 그런 우호법의 시신을 바라보며 중얼거렸다.

"…호법으로서 응당 해야 할 일을 마치고 떠났으니 자넨 만족스럽겠네그려."

교주를 보호해야 할 호법의 임무를 다하다 순직한 우호법이다.

심한 화상으로 얼굴을 알아볼 수도 없었는데, 마치 우호법이 만족스럽다는 듯이 웃고 있는 것 같아서 눈시울이 붉어지는 좌호법이다.

가족이 없는 고아 출신인 우호법의 시신을 좌호법은 밤새 지켰다.

내전이 해결되고 모든 것이 잘 풀릴 것 같이 돌아가던 마교의 그날 밤은 최악의 사건으로 기록되었다.

다음날 정오 무렵.

격리된 임시 의료 막사 앞으로 천마를 비롯해 소교주 천여휘, 괴의 사타 등이 심각하게 대화를 나누고 있었다.

사타의 심각한 표정을 보아선 환자들의 상태가 그리 좋지 않아 보였다.

"어찌 되었습니까? 교주께서는 호전될 수 있을 것 같습니까?"

사고가 있던 어젯밤부터 막사 앞에서 밤을 지새운 천여휘이다.

교주를 떠나서 아버지가 중독되어 누워 있으니 걱정되지 않을 수가 없었다.

"소교주."

사타가 힘없이 고개를 절레절레 흔들며 말했다.

"독의 조합이 기이한 형태라 해독하기가 쉽지 않네."

밤새 환자들에게서 피를 추출해 해독하기 위해 갖은 방법을 동원한 사타였지만 하나의 독이 아닌 수많은 재료가 조합된지라 해독이 쉽지가 않았다.

"사타 어르신은 최고의 의원이 아니십니까? 어르신이 그것을 하지 못하면……."

"노부는 이 분야의 전문이 아닌지라… 크흠, 그리고 설사 약물에 관해 뛰어나다고 해도 독을 만든 상대가 좋지 않네."

"…서독황의 독이라서 그런 것입니까? 크윽!"

쾅!

천여휘가 분한지 애꿎은 바닥에 진각을 밟으며 화를 토해냈다.

다른 누구도 아닌 중원무림에서 독으로 일인자의 경지에 이른 서독황의 독이다.

그 지독한 독을 해독하는 것은 외과의 최고봉인 사타로서도 무리였다.

당사자인 서독황이 직접 해독하거나 중원 최고의 의원인 약선이 나서야만 해독이 가능할 것이다.

"한시가 시급한 상황이군요. 아무래도 약선을 불러와야……"

그때 막사 안에서 천잠사로 만들어진 의복을 입은 한 여인이 밖으로 나왔다.

그녀는 다름 아닌 약선의 수양딸인 백양이었다.

사타를 부를 때 혹시나 하는 마음에 백양을 불러서 같이 환자들을 살피게 했다.

"소교주님, 해독까지는 힘들지만 일단 독이 퍼져 나가는 것은 막았어요."

"오오! 그게 정말입니까, 백 소저?"

실낱같은 희망의 말에 천여휘가 밝아진 얼굴로 물었다.

"하지만 임시 조치에 불과해요."

그녀의 의술 실력은 아직 약선에 미치지 못했지만 그 제자답게 약을 다루는 능력은 사타보다도 훨씬 뛰어났다.

약선이 만든 피독주를 가지고 있던 백양은 그것을 이용해

독의 조합에 상극인 배합 약을 만들어냈고, 이를 환자들에게 주입해 독의 진행 상황을 늦추게 만들었다.

"그나마 다행이군요, 조사님. 백 소저가 독을 막고 있는 동안에 약선 어르신을 불러와야 할 것 같습니다."

그렇다고 독을 하독시킨 서독황을 부를 수도 없는 노릇이었다.

구양경은 이 일의 원흉이기 때문에 절대로 해독약을 내놓을 리가 만무했다.

"그건 네 녀석의 뜻대로 해라."

"네, 알겠습니다."

"흐음, 이상하군, 이상해."

"네?"

좌호법을 통해서 백타산장에서 온 사자가 이 일의 원흉임을 듣게 된 천마이다.

아무런 원한 관계가 없는데 멀리 서역에서 독을 하독해 마교 전체를 혼란에 빠뜨린 서독황 구양경.

'이런 독수가 대체 놈에게 무슨 득이 된다는 거지?'

의도가 없는 순수한 악의는 없다. 분명 어떤 노림수가 있을 것이다.

그러나 아무리 생각해도 서독황이 마교와의 연관성이 없기에 지략이 뛰어난 천마라고 해도 곧장 무언가를 짐작하기가 힘들었다.

'그렇다면 가장 득을 볼 곳은 어디인가?'

천마는 발상을 바꾸어 현 사태에 대한 전체적인 흐름을 살폈다.

검문과 사파가 대대적인 일전을 벌인다면 여기서 어부지리를 취할 수 있는 유일한 세력은 마교뿐이다.

그런데 마교에 이런 최악의 사태가 벌어지면서 검문은 안심하고 사파 세력의 척결에 집중할 수 있는 토대가 마련되었다.

문제는 이 가설에도 허점이 있다는 것이다.

사파 세력을 정리하기 위해 검문과 백타산장이 연계했을 수도 있겠지만, 아무리 상호간의 득을 위해서라고 해도 자신을 토벌하려 한 검문을 어째서 서독황이 돕겠는가.

더군다나 검황의 대제자인 종현마저 중독시킨 서독황 구양경이다.

"젠장, 뭐가 뭔지 모르겠군. 역시 그 새끼를 잡아 족쳐야겠어."

답이 나오지 않자 결국 천마가 내린 결정은 하나였다.

"네?"

"뭘 못 들은 것처럼 그러냐? 그 서독황이라는 놈을 잡아오겠단 말이다."

천여휘가 선뜻 납득하지 못하고 이렇게 당혹감을 감추지

못하는 데는 이유가 있었다.

현재 마교에는 수뇌부가 전부 독에 의한 중상으로 부재해 있는 최악의 상태였다.

그나마 천마라는 절대적인 구심점이 있기에 이런 최악의 사태가 벌어졌음에도 교인들이 흔들림이 없는 것이다.

"조사 어른, 아무리 생각해도 그건 안 될 것 같습니다. 어른께서 자리를 비우시게 된다면 본 교를 지탱할 수 있는 사람은 아무도 없습니다."

"누가 네 녀석의 허락을 구한 줄 아느냐. 하아, 어이가 없네."

"네?"

움찔!

눈썹마저 치켜 올리며 심기 불편한 표정을 짓는 천마를 바라보며 천여휘는 자신도 모르게 움츠러들었다.

꽤 시간이 흘러서 잊고 있었는데, 천마는 조금만 기분이 언짢아도 후손이고 뭐고 상관없이 손부터 올라가는 위인이었다.

걷어차여 부서진 턱을 떠올리면 아직도 악몽을 꾸는 천여휘였다.

'아니야! 안 돼!'

천마의 손찌검을 떠올리며 잠시 흔들릴 뻔한 천여휘가 다시 마음을 붙잡고 말했다.

"조, 조사님의 말씀도 맞지만 지금 본 교를 지탱할 만한……."

"네놈이 있잖느냐."

"네?"

"소교주인 네 녀석이 멀쩡한데 뭐가 본 교를 지탱할 사람이 없다고 징징대는 것이냐?"

천마의 명쾌한 말에 소교주 천여휘는 순간 할 말을 잃고 말았다.

물론 근래에 들어 정무에 대한 경험도 많아졌고 내전을 통해 역량이 오른 그였지만 한 번도 혼자서 큰일을 맡아본 적이 없는 그였다.

"약관이 지났으면 네놈도 큰일을 해볼 나이다."

"그, 그야 그렇지만… 본 교는……."

이곳 십만대산에 있는 교인들과 그 가구의 인원만 해도 수천 명에 이른다.

수뇌부가 텅 비어 있는 상황 속에 혼자서 그들을 이끈다고 생각하니 아찔했다.

난색을 표하는 천여휘를 바라보며 천마가 혀를 찼다.

"너나 네 애비를 보니 태상교주란 녀석이 어떻게 훈육했는지 참 알 만하구나."

천마의 촌철살인과도 같은 말에 천여휘의 얼굴이 순식간에 빨갛게 달아올랐다.

마치 삼대가 싸잡아서 욕을 먹는 기분이 들었다.

더군다나 남도 아닌 자신들의 시조인 천마가 하는 말이기에 더더욱 참담하고 부끄러웠다.

"네놈 애비한테도 한 말을 고스란히 해주지. 매사에 나한테 의존해서 모든 걸 해결하려 들면 나중에 내가 없을 때는 누구에게 의존할 참이더냐?"

"아……!"

천마이 뼈기 담긴 밀에 천여휘가 충격을 받은 듯 동공이 흔들렸다.

주위에 있는 사타와 백양의 시선에 부끄러움과 동시에 수치스러움을 느꼈다.

'내가 조사 어른께 매사에 의존했단 말인가!'

생각해 보니 자신은 차기 교주가 될 소교주의 신분이다.

그런 자신이 어느 순간부터 매사에 천마에게 의존하는 습관을 가지게 되었다는 것을 깨닫고 나니 그 부끄러움을 이길 수가 없었다.

"으아아아아아아!"

짝짝!

갑자기 소리를 내지른 천여휘가 자신의 양 뺨을 손바닥으로 때렸다.

그러더니 개운하다는 듯한 표정과 함께 천마에게 오른쪽 무릎을 꿇고 포권을 취하며 말했다.

"조사님의 쓴 조언에 진심으로 감사드립니다. 본 교의 일은 소손에게 맡기시고 다녀오십시오."

"흥! 한 번 더 귀찮게 했다면 제정신을 차리도록 해주려 했는데 아~주 다행이구나."

우드득!

두 주먹을 움켜쥐는 천마를 보며 천여휘가 식은땀을 흘렸다.

조금만 늦었다면 다시 예전의 악몽을 떠올릴 기회가 찾아왔을지도 몰랐다.

51장

백타산장

서장으로 넘어가는 사막 지대를 타림분지라고 한다.

분지의 형태로 된 사막을 지나면 중원을 넘어서 외국으로 넘어갈 수 있게 되는데, 한 무제 시절 장건의 서역 사행 이후 이 교류 길에 처음 서역이라는 말이 나왔다.

이후에 창궐하는 흉노를 막기 위해 한에서 서역도호부를 양관 서쪽 오루성에 설치하면서 이 지역을 정식으로 서역이라 부르게 되었다.

서역의 타림분지에는 녹주 나라들이 많았는데, 나라의 형태 는 아니있시만 서역 백타산(白駝山)에는 구양 가의 본산 산장이 자리 잡고 있었다.

뛰어난 절세무공인 합마공과 더불어 사독(蛇毒)으로 유명한 백타산장은 예부터 무림에서 수위를 꼽는 명문가로 명성이 드높았다.

청해를 넘어서 서역으로 들어서는 곳에 자리한 타오촌(駝烏村).

사막을 앞둔 마을에는 유독 까마귀 떼가 많아서 마을 이름에 까마귀 오 자가 들어가 있다.

마을 입구에 적힌 타오촌이라는 비석을 보며 한 남자가 중얼거렸다.

"거참, 마을 이름 한번 잘 지었군."

까깍!

마을로 들어서자 사방에서 들려오는 까마귀 우는 소리.

어떤 의미로는 꽤나 불길한 느낌마저 주고 있었다.

"오랜만에 왔는데 여전히 까마귀가 참 많군요."

남자의 옆에 서 있는 죽립에 면사포를 쓴 여인이 마을 주변을 날아다니는 까마귀 떼를 보며 말했다.

"호오, 저것들이 그 낙타라는 것이더냐?"

"네, 조사님. 사막 지역은 무덥고 모래 지역이라 저 낙타라는 것을 타고 움직이는 게 한결 편하실 겁니다."

흑색 장포를 걸친 남자는 다름 아닌 천마였다.

그 옆에 부연 설명을 하고 있는 죽립에 면사를 쓴 여인은 바로 현화단의 부단주인 약연이었다.

처음에는 혼자서 서역으로 향하려고 한 천마였지만 유일하게 중원에서 가보지 않은 곳이 바로 서역이었기에 안내인이 필요했다.

공교롭게도 약연이 청해 지역 출신으로 어릴 적 교역로를 몇 번 왕래한 적이 있다고 하여 안내인을 자청하게 되었다.

우물우물!

마을로 들어서자 등에 두 개의 큰 혹을 가진 낙나늘이 곳곳에 묶여 있었다.

온몸에 긴 털이 나 있고 말과 다르게 움직임이 느릿해 보이는 낙타를 보며 천마가 재미있다는 듯이 말했다.

"고놈 참 보면 볼수록 묘하게 생겼구나."

처음 보는 천마의 호기심이 가득한 반응에 약연의 입가에 미소가 피어올랐다.

다른 교인들이 보지 못한 것을 보았다는 생각에 기분이 좋아졌다.

"그래, 사막 지역을 넘어서려면 저 낙타라는 것이 필요하다 이거지?"

"네. 짐을 실을 두 마리와 저희가 탈 두 마리 정도면 될 것 같습니다."

서역은 워낙 더운 사막 지역을 지나야 하기 때문에 체력적으로 장거리 이동에 강한 낙타가 필요했다.

마을로 들어선 약연은 쓸 만한 낙타를 찾기 위해 돌아다녔다.

그동안 천마는 마을 객잔의 차광막 밑에 앉아 화주를 벗삼아 곰방대의 담배를 피우고 있었다.

아직 사막 지역의 입구일 뿐인데 햇볕부터 시작해 더위가 강했다.

"흠."

검은 장포를 즐기는 그였지만 강한 햇볕 아래에서는 거추장스러웠다.

검은색 옷이 열기를 그대로 흡수하니 내공으로 몸을 보호하지 않으면 땀이 날 정도였다.

밝은 색의 장포를 구해야겠다는 생각을 하는 차에 누군가가 천마에게 말을 걸었다.

"이보게, 소형제."

"소형제?"

근 천 년 하고도 팔십여 년 만에 들어보는 말이었다.

천마를 부른 사람은 바로 옆자리에 앉아 있는 상인들 중 한 명이었다.

얼굴이 타서 까무잡잡한 피부에 터번을 두르고 있는 중년인이다.

"지금 나를 부른 것이냐?"

거슬렸는지 눈썹이 치켜 올라간 천마의 반응에 중년인이 당황한 표정이 되어 손사래를 쳤다.

"아아, 소형제라는 말이 기분 나빴다면 사과하겠네. 특별히 부를 말이 생각나지 않아서 말이네. 그럼 무사님?"

능글맞은 중년 상인의 말투에 천마가 콧방귀를 뀌었다.

교역을 주로 하는 상인답게 상대의 기분을 맞추는 데는 익숙한 그였다.

천마의 허리춤에 차고 있는 검집을 비롯해 강한 인상은 누가 보아도 무사, 혹은 무림인이라는 느낌을 물씬 주고 있었다.

'생각보다 까다로운 남자로군.'

중년인이 갑자기 천마에게 말을 건네는 이유가 있었다.

"무사님, 혹시 이곳 사막을 지나갈 셈인가?"

천마가 아무 대답도 하지 않고 곰방대의 담배만을 피우고 있음에도 중년의 상인은 개의치 않고 자신의 말을 이어갔다.

"혹시 괜찮다면 우리와 동행해 줄 수 있겠나?"

상인이 천마에게 말을 건넨 목적은 매우 단순했다.

사막 지역을 동행할 사람을 모으고 있던 것이다.

벌써 사막을 동행할 인원을 꽤 모았지만 여전히 불안하던 상인의 눈에 검집을 찬 천마가 눈에 띈 것이다.

"관심 없다."

천마의 매몰찬 한마디에 앉아 있던 일행의 표정이 굳었다.

그러나 상인은 괜찮다는 듯 손짓으로 일행을 만류했다.

"이보게, 자네의 복식을 보아하니 서역이 초행인 것 같은데 혼자서 사막을 지나는 것은 매우 위험하네. 근래 들어선 위험한 도적 떼도 많아서……."

"신경 꺼라."

천마가 관심 없다는 듯 손을 휘휘 저었다.

눈길조차 주지 않는 천마의 태도가 워낙 완강하다 보니 그를 설득하려 들던 상인이 머쓱해했다.

결국 그는 포기하고 본인의 자리로 돌아갔다.

괜히 덩달아 기분 나빠진 상인 일행이 술잔을 들이켜며 툴툴댔다.

이윽고 낙타를 구한 약연이 천마가 있는 객잔으로 돌아왔다.

"조사님, 낙타를 구하는 김에 갈아입으실 백색 장포도 구해 왔습니다. 검은 장포를 입고 사막을 건너시긴 힘들 겁니다."

"흠, 수고했다."

그의 생각이라도 읽은 듯 백색 장포를 구해온 약연이다.

면사를 쓰고 있었지만 약연의 고혹적인 목소리에 옆에 앉아 있는 상인들의 눈길이 절로 약연에게 향했다.

그때 상인들을 호위하는 무사 중 한 명이 비아냥거리는 말투로 중얼거렸다.

"계집질을 하려고 제 혼자 간다고 했구먼? 사막 한복판에서 죽어봐야 정신을……."

챙!

무사의 말이 끝나기도 전에 그의 목에 연검이 닿았다.

바로 옆자리에 앉아 있었으니 약연의 귀에 그 말이 들리지 않을 리가 없었다.

다른 사람도 아니고 미교의 시조인 천마를 모독하는 말을 했으니 그녀의 눈이 돌아가는 것은 당연했다.

"무, 무림인?"

무사는 자신의 목 끝에 닿아 있는 연검에 화들짝 놀랐다.

언제 연검을 뽑았는지 보이지도 않았다.

"함부로 지껄였으니 그 혀가 잘려도 할 말은 없겠죠?"

고혹적인 목소리가 어느새 표독스럽게 바뀌어 있었다.

천마는 전혀 관심 없는 사람처럼 쳐다보지도 않고 연신 곰방대의 담배만 피워댔다.

그러다 갑자기 들려오는 파공음에 곰방대를 가볍게 휘둘렀다.

깡!

곰방대에 맞고 튕겨 나간 것은 작은 단검이었다.

"앗?"

이에 놀람을 표한 것은 차광막이 펼쳐진 마당의 맨 구석에 앉아 있는 사람들 중 한 명이었다.

세 명의 남녀 중에 단검을 날린 이는 꽤 아담한 체구의 주홍빛 비단옷을 입은 여자였다.

약관으로 보이는 여자는 귀여운 얼굴과 다르게 허리춤에 단검부터 시작해 암기들로 가득했다.

"내 단검을 막다니?"

"아가씨!"

일행 중 가장 나이가 많아 보이는 중년의 사내가 그녀를 나무랐다.

아무래도 그들 일행에 있어서도 꽤 돌발적인 행동이었던 모양이다.

천마가 곰방대를 휘두르지 않았다면 단검은 궤적으로 보아 약연의 손목이나 연검에 맞았을 것이다.

독특한 문양이 가슴에 새겨진 파란 옷을 입은 중년의 사내가 자리에 벌떡 일어나 약연과 천마를 향해 포권하며 고개를 숙였다.

"철없는 아가씨의 행동에 이 관 모가 사죄드립니다."

"과, 관 대협!"

중년의 상인이 자리에서 일어나며 그의 행동에 당혹감을

감추지 못했다.

아무래도 자리는 떨어져 앉았지만 서로가 안면이 있는 듯했다.

"처음 보는 상대에게 단검을 던지다니 꽤 당돌한 소저로군요."

약연이 불쾌하다는 목소리로 말하자 스스로를 관 씨라 밝힌 중년의 사내가 난처함을 감추지 못했다.

연검을 들고 있는 상태로 고개를 돌린 약연의 눈이 이채를 띠었다.

중년의 사내가 입고 있는 옷에 새겨진 문양이 무엇을 의미하는지 알아챘기 때문이다.

"사천당가?"

세 개의 원에 단검 문양이 일자로 투과된 문양은 당가의 표식이었다.

중원무림에서 세가로 가장 유명세를 떨치는 오대세가 중하나인 사천당가는 독과 암기로 타의 추종을 불허하는 곳이다.

명문정파의 일원인 사천당가의 사람들과 이곳에서 마주한 것은 아주 공교로운 일이었다.

'역시 무림인이 틀림없구나.'

같은 무림인이 아니고는 이 표식을 알아볼 리가 없었다.

자신들의 정체를 알아보았다면 더욱 잘됐다고 생각한 중년의 사내가 다시 한 번 포권을 하며 말했다.

"사천당가에서 외당 당주를 맡고 있는 관서라고 합니다. 서로 오해가 있는 듯한데 부디 노여움을 거둬주시기 바랍니다."

"독수궁권(毒手躬拳)이시군요."

정보 단체인 현화단의 부단주인 약연이 그 이름을 모를 리가 없었다.

중년의 사내는 사천당가의 삼대가신 중 한 명으로 중원에서도 권으로 유명한 자였다.

독을 다룬다는 별호와 다르게 예의 바른 태도에 그녀도 조금은 누그러졌다.

'그럼 내게 단검을 날린 저 소저는 분명……'

사천당가의 여식임이 틀림없었다.

하지만 그들의 정체를 알았다고 해도 출수한 연검을 거둬들이진 않았다.

조사를 모독한 자를 말 한마디에 용서할 순 없었다.

"화가 나신 것은 알겠지만 부디 소저께서 손속에 사정을 두시길 바랍니다. 그들은 무림인이 아니라 무공도 없는 약자입니다."

"그, 그렇습니다!"

졸지에 약자가 되어버린 무사였지만 목에서 느껴지는 날카로운 예기에 고개를 연신 끄덕일 수밖에 없었다.

"저희와 사막을 동행하기로 한 상단의 일행이기에 불상사가 일어나는 것을 피하고 싶으니 부디 선처해 주길 바랍니다."

예의 바른 관서의 말에 약연이 천마를 힐끗 쳐다보았다.

귀찮은 일에 휘말리는 것은 질색이기에 천마는 수긍하는 눈빛을 보였다.

조사인 천마의 허락이 떨어지자 약연이 연검을 거둬들였다.

"운이 좋은 줄 알아요. 앞으로는 혀를 함부로 놀리지 않길 바랄게요."

분했지만 무림인을 상대로 어찌할 수 없음을 알기에 무사는 안도의 숨을 내쉬며 고개를 끄덕였다.

"흥! 누구 멋대로 운이 좋다는 거얏!"

그런데 여기서 예상치 못한 상황이 발생했다.

팡! 촤촤촤촤촤!

잘 마무리되었다고 생각하던 차에 약연에게 단검을 날렸던 당가의 여자가 이번에는 검은 원통에 담긴 무언가를 누르자 폭약이 터지는 소리가 들리며 수십 발에 가까운 날카로운 바늘 암기가 약연을 향해 날아왔다.

워낙 순식간에 벌어진 일인지라 자신의 얼굴을 뒤덮는 바늘 암기에 약연이 눈을 질끈 감았다.

그러나.

쾅!

암기가 닿기도 전에 진각 밟는 소리와 함께 바닥의 모래가 산탄처럼 튀어 올라 약연을 노린 바늘 암기들을 막아냈다.

"어, 어떻게 연폭침을?"

당가의 여자가 당황했는지 어안이 벙벙한 모습이다.

고작 진각만으로 당가에서 제조한 연폭침을 막아낼 줄은 상상도 하지 못한 것이다.

"조사님!"

바늘 암기에서 목숨을 부지한 약연의 눈이 보름달이 되었다.

진각을 밟아서 놀라운 신기를 보인 이는 곰방대를 물고 있는 사내 천마였다.

'엄청난… 고수다!'

처음부터 천마가 범상치 않음을 느낀 당가의 외당주 관서는 당혹감을 감추지 못했다.

처음부터 무사의 실수가 있었기에 괜한 시비를 막기 위해 나섰다.

그런데 이 철없는 당가의 아가씨가 일을 그르치고 말았다.

"가신이 준 기회를 제 손으로 버리는구나, 멍청한 계집."

"아, 안 됩니다, 대협!"

살기마저 띤 천마의 의미심장한 말에 외당주 관서가 당황해 그를 만류하려 했지만 이미 늦었다.

천마가 탁자를 툭 내려치자 그 위의 통에 꽂혀 있던 나무젓가락 하나가 허공으로 떠올랐다.

그와 동시에 천마가 가볍게 손짓하자 평범하던 나무젓가락에 날카로운 예기가 휘감기며 암기가 되어 당가의 여자에게로 쇄도했다.

슉!

"안 돼애애앳!"

놀란 외당주 관서가 급히 손을 뻗어 막았지만…….

푹!

"크윽!"

천마의 진기가 실린 젓가락은 그의 손바닥을 종잇장처럼 관통해 당가 여자의 오른 손목의 힘줄에 정확하게 꽂혔다.

"꺄아아아아아아악!"

그녀의 찢어질 듯한 비명이 타오촌 전체를 울렸다.

사천당가.

정파에서 유일하게 독과 암기라는 분야로 명성을 날린 세가이다.

사파에서나 쓸 법한 사술이라 불리는 독술과 암기술을 전세무공으로 탈바꿈시킨 사천당가는 한 번도 독황이라는 칭호를 빼앗겨 본 적이 없는 유구한 전통의 세가였다.

그러나 어느 시점부터 그들은 독황이라는 칭호를 잃었다.

백타산장이 모습을 드러낸 후 어느 순간부터 구양가의 사람들에게 그 독황의 칭호를 넘겨주고 말았다.

수차례 백타산장과 겨루며 다시 명예를 되찾으려 했지만 언젠가부터 독으로서 이인자라는 명칭이 무림인들의 머릿속에 각인되고 말았다.

현 당가의 가주인 당세윤은 선대부터 내려온 유지에 골머리를 앓고 있었다.

"적으로서 상대할 수 없다면 아군으로 만들어라."

말도 되지 않는 유지였지만 무림에서 서로의 이(利)를 위해서 손을 잡는 것은 부끄러운 일이 아니었다.

실제로 몇 대 전부터 백타산장과 손을 잡기 위해 상당한 노력을 기한 것도 사실이다. 서역에 뿌리를 두고 있는 백타산장은 세력부터 시작해 중원 진출에 어려운 점이 많았다.

그들은 중원인이 아닌 서역인이었기 때문에 외양부터 체구까지 중원인과 달랐기에 거부감이 큰 것도 하나의 이유였다.

그런 점을 파고들어 선대부터는 교역을 통해 백타산장과 조금씩 우호적인 관계를 맺어오고 있었다.

가장 좋은 것은 혈연, 인척 관계를 맺는 것인데 당가를 비롯해 백타산장은 극독을 다루다 보니 양기가 짙어 여손이 드물었다.

그러다 당세윤 때에 천운이 일어났다.

네 세대 만에 여아가 태어난 것이다. 그것도 쌍둥이로 말이다.

가장 좋은 것은 백타산장에서 여아가 태어났다면 좋았겠지만 이것 나름대로도 인척 관계를 형성하기에는 나쁘지 않은 조건이었다.

쌍둥이의 이름은 당혜미와 당유미.

백타산장의 신부 후보로서 방문하는 길이었다.

쌍둥이가 백타산장의 소장주의 신부로 간택받기 위해 경쟁을 하게 되었는데, 그야말로 돌발 상황이 생기고 말았다.

"꺄아아아아아악!"

오른 손목의 힘줄을 꿰뚫은 나무젓가락.

당혜미가 고통에 겨워서 체면 따윈 잊고 비명과 함께 바닥을 뒹굴었다.

"혜미 아가씨!"

당가의 외당주인 독수궁권 관서가 놀라서 그녀의 손목에 박힌 나무젓가락을 빼냈다.

관통된 자신의 손바닥에서도 적잖은 피가 흘러내렸지만 당혜미의 손목을 먼저 지혈시켰다.

그런데 자신의 쌍둥이 언니가 부상을 입었는데도 눈 하나 깜짝이지 않는 여자가 있었으니 바로 당혜미와 똑같은 얼굴의 당유미였다.

당혜미의 부상에도 그녀의 당돌한 눈은 천마를 뚫어지게 응시하고 있었다.

으득!

독수궁권 관서가 이를 갈았다.

철없는 당혜미의 행동으로 인한 인과응보의 결과이지만 가신인 관서의 입장에서는 당가의 핏줄에 상처를 입힌 일은 용서할 수 없었다.

한데 눈앞의 저 남자는 자신이 범접하기 힘들 만큼 전율적인 고수였다.

그리고 자신은 가주의 명으로 쌍둥이 자매를 무사히 백타산장으로 모시고 가야 했다.

망설이는 독수궁권의 앞으로 나선 것은 다름 아닌 당유미였다.

"아?"

완전히 똑같은 얼굴의 당유미를 보며 약연의 눈이 이채를 띠었다.

당가에 쌍둥이 자매가 있다는 말은 들었지만 쌍둥이의 얼굴을 처음 보니 신기했다.

그러나 느낌은 자매가 확연히 달랐다. 주홍빛 옷을 입고 장난기가 가득한 인상의 당혜미와 다르게 녹색이 감도는 의복을 입고 당유미는 당돌한 느낌을 주었다.

탁!

앞으로 나선 당유미가 천마와 약연을 향해 머리를 숙이며 포권을 취했다.

그러고는 당당한 목소리로 입을 열었다.

"제 언니의 무례힘을 용서하시죠, 내협. 이 정도면 충분히 대가를 치렀다고 생각합니다."

"너, 너……?"

당유미의 돌발적인 행동에 당혜미의 두 동공이 커졌다.

그래도 한 배에서 태어난 자매인데 설마 부상을 입은 자신이 아닌 상대편에게 사과를 할 줄은 몰랐다.

"야, 당유미! 너 지금 누구한테……!"

탁!

"앗! 아아아……!"

털썩!

화를 내는 당혜미의 혈도를 눌러 재운 것은 독수궁권 관서였다.

나중에 일어났을 때 벌어질 후환이 두려웠지만, 지금 상황에서는 당유미의 행동이 옳았다.

당혜미를 재워두는 편이 사태를 수습하기에 더욱 편했다.

"부디 대협의 선처를 부탁드립니다."

그 언니가 목숨을 노린 마당에 당당하게 선처를 부탁하는 당유미였다.

"흥! 웃기는 것들이군."

천마는 관심이 떠났다는 듯 자리에서 일어났다.

애초부터 당가 자매 일행에 대해서 별다른 관심조차 없던 그다. 다만 마교의 교인인 약연의 목숨을 노린 것에 대한 대가만 치르게 한 것이다.

천마가 자리에서 일어나 떠나자 약연이 자연스럽게 뒤를 따라갔다.

"휴우!"

"아이고, 심장이야!"

천마가 자리를 뜨고 완전히 사라져서야 객잔의 차광막 밑에 있던 상인들은 안도의 숨을 내쉴 수 있었다.

사실 그들은 상단과 동행하게 된 당가의 위용을 믿고 천마를 향해 함부로 비아냥거렸던 것이다.

하지만 믿은 당가 사람들조차 머리를 숙이고 사죄하는 모습을 보자 자신들의 판단이 잘못되었음을 깨닫게 되었다.

"잘하셨습니다, 유미 아가씨."

관서의 칭찬에 당유미가 고개를 절레절레 흔들었다.

어차피 언니가 사고 친 것을 수습한 것에 불과했기 때문이다.

다만 아쉬운 점은 흑색 장포를 입은 그 젊은 사내에게 일말의 관심이 갔지만 그의 뒤를 따르는 고혹적인 향을 가진 여인 때문에 관심을 접어야 한다는 사실이었다.

'아쉽네.'

천마가 사라지고 나서야 당유미의 관심은 부상을 입은 당혜미에게로 향했다.

"외당주, 언니의 상처는 어떤가요?"

"그게… 좋지 않습니다."

"그냥 젓가락에 손목이 다친 게 아닌가요?"

당유미의 순진한 질문에 관서가 깊은 한숨을 내쉬었다.

사실 그냥 젓가락으로 뚫었다고 보기에는 그 위력이 보검과도 같았다.

고작 나무젓가락에 진기를 실어 날카로운 기운을 만든다는 것은 평범한 고수들이 할 수 있는 것이 아니었다. 적어도 초절정 이상의 고수임을 의미했다.

'고작 약관에 불과해 보였는데……'

독수궁권으로 이름을 날린 자신조차도 마흔이 넘어서야 초절성의 경지를 앞두고 있다.

그런 것을 생각하면 그 남자는 정말 괴물이었다.

"우선 서역으로 들어가기 전에 마을에 있는 의원을 찾아야 합니다."

"네? 그 정도인가요?"

"아무래도 혜미 아가씨의 오른손 힘줄이 잘린 것 같습니다."

놀랍게도 천마는 정확하게 당혜미의 오른 손목의 힘줄을 끊어놓았다.

이렇게 오른손의 힘줄이 잘리면 무공은커녕 젓가락질조차 하기 힘들게 된다.

이대로 백타산장에 도착하게 되면 그녀는 신부 경쟁은커녕 하자가 있다고 거절당할 확률이 높았다.

"하아, 세상에……!"

당유미가 큰 충격이라도 받았는지 가녀린 두 손으로 입술을 가리더니 이내 고개를 바닥을 향해 푹 숙였다.

그 모습을 외당주 관서가 안타까운 눈빛으로 바라보았다.

그러나 고개를 숙여 보이지 않는 당유미의 얼굴 표정에 슬픔은 존재하지 않았다. 오히려 그녀의 붉고 도톰한 입꼬리가 히죽 올라가 있었다.

일주일이라는 시간이 흘렀다.

사막의 낮과 밤은 그야말로 차원이 달랐다.

낮에는 모든 것을 익힐 만큼 뜨거운 햇볕을 자랑했는데 밤이 되자 가죽 물통 안의 물이 나오는 도중에 얼어버릴 만큼 추웠다.

모래로만 이뤄진 사막의 대기가 불안정했기에 일교차가 매우 컸다.

"제기랄……."

절로 거친 욕이 나왔다.

벌써 일주일째 사막을 헤매고 있었는데, 열기에 아지랑이가 피어오르는 황금빛 모래사막 이외에는 아무것도 보이지 않았다.

낙타를 타고 있는 천마의 표정이 썩 좋지 않았다.

이에 눈치를 보는 것은 나란히 낙타를 타고 있는 약연이었다.

오아시스가 보일 만도 하건만 그들은 신기할 정도로 일주일 내내 사막 위만을 빙빙 돌고 있었다.

"저, 정말 송구스럽습니다, 조사님."

죽을죄라도 지은 것처럼 약연이 고개를 푹 떨구고 사죄했다.

청해 출신인 그녀가 서역의 사막을 건넌 것은 어릴 적의 일이었나.

온통 모래뿐인 사막은 뜨거운 바람으로 지형이 내내 변화한다. 그러다 보니 근 이십 년 만에 온 길을 그녀가 정확히 기억할 리 만무했다.

뻑뻑!

너무 무더운 날씨는 그 좋아하는 담배마저 맛없게 만들었다.

결국 연기를 몇 번 뿜어대던 천마는 품속으로 곰방대를 집어넣었다.

"정말 백타산에는 가본 적이 있느냐?"

"…송구스럽습니다."

"빌어먹을! 대체 그럼 어딜 가봤다는 것이냐?"

천마가 어이가 없다는 듯이 약연을 노려보다가 이내 한숨을 푹 내쉬었다.

서역만큼은 빠삭하게 꾀고 있다는 말을 믿고 데려왔더니 정작 아는 것이 하나도 없었다.

그야말로 무(無) 쓸모였다.

'조사님, 제 욕심 때문에 고생하시게 만들어 정말 죄송합니다.'

차마 이 말만은 입 밖으로 나오지 않는 약연이었다.

사실 그녀가 험난한 서역 길을 자원하게 된 것은 천마와 여정을 함께하고 싶은 마음에서였다.

차라리 그 위험하다는 사막의 도적 떼라도 나타났으면 하는 바람이 생길 정도로 미안함에 고개를 들 수 없는 그녀였다.

"아?"

어느새 뜨거운 햇볕이 조금씩 수그러들어 갔다.

고개를 들어보니 파란 하늘이 붉게 물들며 노을이 지고 있었다.

해가 지고 밤이 오면 급격하게 추워진다. 그렇기 때문에 미리 야영 준비를 해야 했다.

"조사님, 야영 준비를 하겠습니다."

당연한 수순이었지만 그의 눈치를 봐야 하는 약연이다.

그녀가 야영을 준비하는 동안 천마는 낙타에 실어놓은 마른 나뭇가지를 꺼냈다.

사막 내에 모닥불을 피울 만한 나뭇가지가 없다고 해서 실어왔는데 벌써 나뭇가지가 떨어져 가고 있었다.

해가 떨어지자 날씨가 급격이 추워졌다. 그 뜨겁던 사막의 모래 바닥이 얼음덩이처럼 차갑게 식었다.

약연이 모닥불 앞에 쭈그리고 앉아 한창 식사 준비를 하고 있는 차였다.

달그락 달그락!

"잠깐 조용히 해봐라."

"네?"

그때 천마가 손을 들어 약연에게 조용히 하라는 표시를 했다.

의아해진 그녀가 둥그런 쇠 웍에 국자로 육포를 볶던 것을 멈췄다.

천마가 손을 뻗자 낙타 등에 실어놓은 그의 검집이 손으로 빨려들어 왔다.

검집을 모래 바닥에 꽂은 천마가 눈을 감고 집중했다.

들썩들썩!

검집을 쥐고 있는 손을 타고 오는 미세한 흔들림.

여기서 그리 멀리 떨어지지 않은 곳에서 뭔가 격한 싸움이 벌어지고 있었다.

이를 감지한 천마의 신형이 그곳을 향해 번개처럼 튀어나갔다.

"조, 조사님!"

아무 말도 없이 천마가 먼저 가버리자 당황한 약연이 허둥지둥 뒤따라 경공을 펼쳤다.

야영지에서 십 리 정도 떨어진 곳에선 격한 추격전이 벌어지고 있었다.

정체불명의 흰색 복면인들이 누군가를 추격하고 있었는데, 다 찢어져 해진 옷을 입고 있는 젊은 청년이었다.

독특하게도 도망치고 있는 청년은 중원인보다 큰 체구에 회색 머리카락을 가진 서역 사람이었다.

"크흡, 빌어먹을!"

추운 밤 사막을 달리는 청년의 몸에서 식은땀과 함께 김이 피어올랐다.

내공으로 몸을 보호하고 있었지만 너무 추워서 도망치는 것도 벅찼다.

"하아, 하아! 엇?"

한참을 도망치던 청년은 결국 거친 호흡성을 내뱉으며 멈춰야만 했다.

"다, 당신은 누구야?"

청년의 앞을 가로막은 사람은 다름 아닌 흰색 장포를 걸치고 있는 천마였다.

갑자기 자신을 막은 천마의 정체를 모르는 청년은 그가 복면인들과 한패라고 여겼다.

"빌어먹을 놈들! 본 공자가 네놈들에게 당할 성싶으냐!"

그때 청년이 몸을 낮추더니 두꺼비와 같은 자세를 취하며 진기를 끌어모았다.

청년의 몸에 짙은 보랏빛이 발하며 입에서 강한 진기를 토해내더니 이내 그것이 폭발하듯이 튀어 오르며 천마를 향해 양장(兩掌)을 가했다.

"합마공?"

천마의 눈에 기묘한 빛의 이채가 어렸다.

합마공(蛤蟆功).

그것은 백타산에 뿌리를 내린 장주 일가인 구양가에서 만든 절세무공이었다.

일발 장전된 진기를 폭발시키듯이 양장을 가하는 이 초식은 내가무공 중에서 최고의 파괴력을 갖춘 필살의 무공이었다.

보랏빛 진기는 구양가의 신공에서 발하는 특징이다.

그리고 진기를 응축시킬 때의 자세가 두꺼비와 같다고 하여 '합마공'이라고 이름 지어졌다.

천마 역시 과거 천 년 전 구양가의 무공을 견식한 적이 있었다.

"본 공자의 무공을 알고 있다고 해도 늦었다! 받아랏!"

청년의 양장이 폭발하듯이 천마를 향해 쇄도했다.

그러나 이 무공의 위력이 아무리 강하다고 해도 상대는 다른 누구도 아닌 천마였다.

"오랜만에 보는군. 뭐, 그렇다고 해도……."

팍!

"어엇?"

천마가 오른손으로 심후한 공력을 끌어모아 날아오는 보랏빛 양장을 옆으로 빗겨내듯 쳐냈다.

그러자 청년의 양장이 애꿎은 모래사막의 바닥에 꽂히고 말았다.

쾅!

비록 빗나갔다고는 해도 합마공의 위력은 가히 절세적이라고 할 만했다.

모래사막에 양장이 부딪치자 모래가 해일처럼 일어나 밀려 나갔다.

"명불허전이군."

외가무공에서는 북호투황의 투호권강이 최고의 파괴력을 가졌다면 합마공은 내가무공 중에서 최고라고 불릴 만했다.

천마는 회색 머리카락의 청년과 손을 부딪치는 순간에 그 무위를 가늠했다.

초절정의 고수였지만 지금 합마공의 위력은 화경의 고수가 강기로 공격한 것에 버금갈 정도의 위력을 자랑했다.

"헉헉, 끄으으으……."

그러나 합마공을 펼친 당사자인 청년의 상태가 좋지 않았다.

어깨가 탈골이라도 됐는지 퉁퉁 부어서 바닥을 뒹굴었다.

'내공이 거의 탈진한 상태에서 무리했군.'

합마공과 같은 위력의 무공을 펼칠 때는 내공으로 전신을 보호해 줘야 한다.

그렇지 않을 경우 저렇게 무공을 펼친 후 부작용이 따른다.

탁탁탁!

그때 천마와 쓰러진 청년의 주위로 정체불명의 흰색 복면인들이 몰려들어 포진했다.

청년을 추적한 그들의 눈빛에는 갑자기 등장한 천마에 대한 경계심이 가득했다.

그들 가운데 대장으로 보이는 복면인이 앞으로 나섰다.

"네놈은 누구냐?"

정체를 묻는 말에 천마가 고개를 갸웃거리며 말했다.

"그러는 네놈들은 누구냐?"

도리어 역질문을 하자 황당해한 복면인 대장이 손을 들었다. 그러자 주위를 포진한 복면인들이 검집에서 검을 뽑았다.

위협이 되었다고 생각했는지 복면인들의 대장이 경고하듯이 외쳤다.

"긴말하지 않겠다! 그자를 우리에게 넘긴다면 살려 보내주겠다!"

"살려줘?"

살려 보내주겠다는 말에 천마가 눈살을 찌푸렸다.

천마의 황당해하는 반응에 두려워한다고 오인한 복면인들

의 대장이 오만한 눈빛으로 검을 뽑아 들고 다가왔다.

"남의 일에 참견하는 것은 의협심이 아니다. 물러난다면 팔 하나로 용서해……."

촤악!

"끄아아아악!"

말이 끝나기도 전에 날카로운 예기가 발하며 복면인 대장의 팔이 잘려 나갔다.

잘려 나간 팔이 모래 바닥에 떨어져 푸드득 꿈틀거렸다.

섬십에서 검을 뽑은 것도 아닌데 팔이 잘려 나가자 당황한 복면인 대장이 고통으로 비명을 질러대며 뒤로 물러났다.

"어이쿠! 팔이 떨어졌네?"

천마가 이죽거리며 바닥에 떨어져 꿈틀대는 복면인의 팔을 질근질근 밟았다.

그러고는 날카로운 눈빛으로 복면인들을 주시하며 말했다.

"뭐, 하도 오랜만에 듣는 개소리가 제법 재밌었다."

"네, 네놈 고수로구나?"

팔 하나를 잃고 나서야 상대의 위험함을 파악한 복면인 대장이었다.

"나도 긴말하지 않으마. 네놈들 전부 여기서 죽어줘야겠다."

천마의 살기 어린 경고성에 복면인의 대장이 일그러진 얼굴로 소리쳤다.

"비, 빌어먹을! 주, 죽여! 당장!"

대장의 명령이 떨어지자 흰색 복면인들이 일제히 천마에게 검을 휘두르며 달려들었다.

아무리 강해도 다수에 당할 자가 없다고 판단한 그들이다.

물론 그것은 큰 오산이었다.

촤악!

"크아아악!

베이는 소리와 함께 비명이 사방을 울렸다.

어두운 밤하늘 아래의 사막에서 벌어진 혈투는 일방적인 학살이나 마찬가지였다.

검집에서 검을 뽑지도 않고 검기만으로 날카로운 예기를 일으킨 천마는 일수에 복면인들의 목을 베어나갔다.

"괴, 괴물!"

한 명 한 명이 일류 고수로 이뤄진 복면인들이었으나 아무 소용이 없었다.

천마는 신속하면서도 빠른 몸놀림으로 그들을 베어나갔다.

잘린 팔을 지혈하면서 지켜보는 복면인 대장의 눈빛이 공포로 물들어갔다.

'이 사막 한복판에 저런 괴물이 나타나다니! 대체 이게 무슨 영문이란 말인가?'

그들은 서역에 기반을 둔 무림의 방파로 이곳 동사막에서 패자라 불리는 사월방(沙刖房)의 무사들이었다.

서역에서는 서독황을 제외하면 압도적인 역량의 고수는 존재하지 않았다.

그렇기에 지나가는 불청객 정도로 여겼는데, 그것은 자신들의 착각이었다.

'도망쳐야 해. 도망을……'

수하들이 조금이라도 남아 있을 때 도망쳐야 했다.

복면인 대장은 조심스럽게 슬금슬금 뒷걸음질을 쳤다.

수하들이 눈치채기 전에 사신반이라노 목숨을 선져야 방으로 돌아가서 방주에게 보고할 수 있었다.

바로 그때였다.

푹!

"컥컥컥!"

복면인 대장의 가슴 한복판을 꿰뚫고 나온 얇은 연검이 보였다.

폐가 찔려 피를 토해내는 것 이외에는 어떠한 것도 할 수 없는 복면인 대장은 어이가 없다는 눈빛으로 모래 바닥에 엎어졌다.

"홍!"

그의 뒤를 찌른 것은 겨우겨우 천마의 뒤를 쫓아온 약연이었다.

뒤늦게 도착한 그녀는 천마가 복면인들을 베는 것을 보며 이들이 적임을 알아챘다.

그러던 중에 혼자서 도망치는 복면인 대장을 발견한 것이다.

그야말로 운이 없는 자의 말로였다.

촤악!

천마의 손에 대부분의 복면인들 목이 날아갔다.

양쪽 어깨가 탈골되어 고통으로 뒹굴던 회색 머리카락의 청년은 어안이 벙벙한 눈으로 천마의 무위를 바라보고 있었다.

합마공을 가볍게 막아서 괴물이라고는 생각했지만 적을 베는 모습이 마치 피에 젖은 아수라와도 같았다.

'아버지 외에도 저런 괴물이 서역에 있었나?'

절로 감탄이 나올 지경이다.

한편으로 자신이 저자를 오해했다는 것을 깨닫고는 괜히 머쓱해졌다.

이윽고 마지막 복면인의 목을 벤 천마가 피로 붉게 물든 장포를 뒤로 넘기며 털레털레 걸어왔다.

워낙 엄청난 무위를 보고 나니 천마에게서 풍겨지는 위압감에 지레 겁이 난 청년은 자신도 모르게 움찔거렸다.

"네놈, 혹시 구양가의 사람이냐?"

"그, 그렇습니다만."

한결 공손해진 대답에 천마가 피식 웃었다.

그러고는 냉랭한 말투로 말했다.

"처음 보는 사람한테 합마공을 날리는 걸 보니 네놈 애비가 어떤 인물인지 대충 알겠구나."

"네?"

퍽!

그 말을 끝으로 청년이 마지막으로 본 것은 천마의 주먹이었다.

소정의 목적을 달성한 천마는 흡족한 얼굴로 그를 들쳐 메고 약연과 함께 야영지로 돌아갔다.

청년이 깨어난 것은 날이 밝을 무렵이었다.

그를 강제로 깨운 것은 살갗이 따가울 만큼 뜨거운 햇살이었다.

"으으으으……."

열기에 머리가 어지러웠다.

서역 출신이더라도 사막의 뜨거운 햇살을 그대로 쬐이는 곳은 고통이었다.

막 깨어난 탓에 정신이 없었다.

"엇?"

몸을 일으키려 하던 회색 머리카락의 청년은 몸의 부자연스러움을 느꼈다.

몸을 움직여 보려 하는데 온몸의 혈맥을 바늘로 찌르는 듯한 고통과 함께 움직일 수가 없었다.

'혈도를 점해놓은 건가?'

"크윽……."

그제야 어제의 일이 떠오른 그였다.

생각해 보니 자신은 어제 그 정체 모를 남자의 주먹에 맞고 기절했다.

분명 복면인들과 연관성이 없는 자였는데 어째서 자신을 기절시켜 납치했는지 이해가 가지 않았다.

몸은 움직여지지 않았지만 그래도 목은 돌아갔다.

고개를 움직여 주위를 둘러보았다.

어제는 보지 못한, 죽립에 면사를 쓰고 있는 여인이 낙타에 짐을 싣고 있었다.

'그 괴물 같은 남자는 어디 간 거지?'

딱!

"어억!"

무언가가 자신의 머리를 때렸다.

화들짝 놀란 회색 머리카락의 청년이 몸을 뒤틀었다.

"으으으으!"

그 탓에 다시 온몸이 바늘로 찔린 듯한 통증으로 휩싸였다.

고개를 돌리지 못한 방향에는 다름 아닌 천마가 엉덩이로 그를 깔고 앉아 있던 것이다.

막 깨어난 그는 무더위와 혈도의 통증으로 그의 존재를 미처 눈치채지 못했다.

"이제 깼냐? 덩치가 커서 그런지 둔하군."

"으으으! 대, 대체 누구이시기에 저를 납치한 겁니까?"

"뭘 납치해? 죽을 뻔한 걸 구해줬더니 고마운 줄 모르는군."

천마의 퉁명스러운 말투에 청년이 황당하다는 표정을 지었다.

도대체 구해줬다는 사람이 왜 자신을 기절시킨 것이며, 혈도는 무슨 이유에서 점한 것인지 이해가 가지 않았다.

"아니, 구해주셨다면서 왜 혈도를 점한 겁니까?"

"혈도? 후우~ 막 깨어나서 그런 거냐, 아니면 멍청한 거냐?"

천마의 입에서 나온 자욱한 담배 연기가 청년의 얼굴을 뒤덮었다.

안 그래도 더워서 텁텁한 마당에 매캐한 담배 연기까지 덮치자 청년은 미친 듯이 기침을 하면서 물었다.

"쿨럭쿨럭! 객객! 뭐, 뭐가 멍청하다는 겁니까?"

"흥! 누가 네놈의 혈도를 점했다는 거냐? 스스로의 몸 상태도 모르다니 무인 자격이 없구나."

콧방귀를 뀌는 천마의 말에 청년의 두 눈이 커졌다.

혈도를 점하지도 않았는데 어째서 몸이 움직여지지 않는 것이며 이 혈맥의 통증은 무엇이란 말인가?

이상하다고 느낀 청년은 정신을 집중해서 불편한 자세로 운기를 해보았다.

혹시나 단전에 이상이 생겼나 걱정했는데 다행히도 단전은 무사했다.

그런데 단전에서는 분명 내공이 느껴졌는데 그것이 양맥을 타고 흐르려는 순간 엄청난 고통이 그의 몸을 잠식했다.

"끄아아아아아아!"

바늘로 찌를 것 같은 고통을 넘어서 뜨거운 것으로 지지는 느낌마저 들었다.

태어나서 처음 겪어보는 고통에 청년은 닭똥 같은 눈물을 흘렸다.

"끄으으으! 으허허허헝!"

이국적인 외모에 상당히 거구인 청년이 울자 그 꼴이 보기 싫은 천마가 혀를 차며 말했다.

"다 큰 놈이 뭘 질질 짜는 것이냐?"

단전이 파괴된 고통도 견디던 천마였기에 엄살처럼 느껴졌다.

하지만 청년이 겪는 고통은 어지간한 고수들도 견디기 힘들 만큼 강했다.

한참을 울어대던 청년을 한심하다는 듯이 지켜보던 천마가 말했다.

"네놈은 대체 뭘 밉보였기에 단전에 제약이 걸린 것이냐?"

"하아, 하아! 네? 그, 그게 무슨 말입니까? 제약이라뇨?"

어느 정도 통증이 익숙해졌는지 눈물을 그친 청년이 영문을 모르겠다는 표정으로 반문했다.

"제 놈 몸에 걸린 제약도 모르다니 정말 멍청이로구나."

"네?"

청년은 시치미를 떼는 것이 아니라 정말로 천마의 말을 이해하지 못했다.

원영신을 열지 않더라도 거짓이 아니라는 것이 확실해 보이자 천마가 혀를 차며 말했다.

"네놈이 합마공을 쓰는 순간 전신의 혈맥에 손상이 가도록 제약이 가해졌다. 누가 그런 것인지 짐작하지 못하겠느냐?"

천마의 말에 그제야 뭔가를 깨달았는지 청년의 눈동자가 흔들렸다.

그러고 보니 어젯밤 비록 지치긴 했지만 합마공을 쓰고 나서 어깨가 탈골된 것은 처음 겪는 일이었다.

"서, 설마 아버지께서?"

아버지라는 말에 천마가 회심의 미소를 지으며 단도직입적으로 물었다.

"혹시 네 녀석의 애비가 서독황 구양경이냐?"

뜨거운 사막 대지를 가로질러 서역의 북쪽 부근에는 바위 산으로 이뤄진 산봉우리들이 있었다.

그곳에는 여러 오아시스가 있어 사람이 터를 잡고 살아가기에 좋은 환경을 가졌다.

바위 산봉우리들 사이에 대궐 같은 집 여러 채가 연결되어 있었는데, 그 앞의 비석에는 '백타산장'이라고 적혀 있었다.

서무림과 서역 지대를 통틀어 최고의 세력을 자랑하는 백타산장.

백타산장의 장주들은 긴 세월 동안 무림의 최고 고수의 자리를 군림해 온 명문 일족이었다.

당대의 장주인 서독황 구양경 역시도 삼십여 년 전부터 오황의 일인으로 군림해 온 만큼 그 무위에 있어 아성은 최고라고 할 만했다.

백타산장에는 수많은 고용인이 일을 하고 있었는데 대다수가 여자였다.

구양가가 대대로 여색을 밝혀서 그런 것도 있었지만 독을 다루고 양기가 짙은 가문 특유의 기운을 음기로 누르기 위함도 있었다.

백타산장 장주의 집무실.

집무실 내부 곳곳에 여러 종의 뱀의 박제가 가득했다.

심지어 장식장에는 해골로 만들어진 골잔이 있어서 음산한 분위기마저 풍기고 있었다.

어두운 집무실로 빛이 스며드는 창가에 오십 대 중반으로 보이는 중년인이 검은 도포에 긴 사장(蛇杖)을 짚고 서 있다.

"클클클."

중년인의 탁한 웃음소리에 잔뜩 긴장하고 있는 사내가 있다.

집무실 한가운데 놓인 긴 탁자의 반대편에 앉아 있는 사내는 얼굴에 온통 흉터로 가득한 자로 험악한 인상과 다르게 큰 눈을 이리저리 굴리며 눈치를 살피고 있었다.

"지금 그걸 변명이라고 하는 것은 아니겠지?"

"서, 설마 그럴 리가 있겠습니까, 구양 장주님."

검은 도포의 중년인이 바로 이곳 백타산장의 장주인 서독황 구양경이었다.

무림 최고의 다섯 고수 중 일인이었지만 세월의 흐름은 막지 못했는지 미간에 주름이 가득한 구양경의 기운은 사이함 그 자체였다.

"클클, 내공도 제대로 쓰지 못하는 녀석을 잡지 못했다는 게 말이 된다고 생각하나? 명색이 동사막의 지배자라 불리는 사월방주의 변명치고는 너무 궁색하군."

흉터 사내의 정체는 동사막을 근거지로 활동하는 사월방의 방주인 오균이었다.

그런 오균이 질책을 당하면서도 변명조차 제대로 하지 못할 정도로 구양경이 서역에서 떨치는 위세는 가히 왕과 같았다.

"장주, 하지만 아까도 말씀드렸다시피 어떤 고수가 개입했습니다."

구양경이 아무 말도 없이 쳐다보고만 있자 오균이 진땀을 흘리며 계속해서 말을 이어갔다.

"본 방의 추격대가 전부 목이 베인 채 시신으로 발견되었습니다. 장주의 말대로 내공을 쓸 수 없다면 대체 누가 우리 방원들을 죽였단 말입니까?"

사월방주 오균은 정말 억울했다.

자신들의 일도 아니고 그저 서무림의 패자인 구양경의 의뢰를 받아 한 일이었는데 일류 고수 서른 명을 하룻밤 사이에 잃고 말았다.

"홍! 그것은 본 장주가 알 바 아니지. 댁의 따님을 생각해서 일부로 놓아주고 거짓을 내뱉는지 알 도리가 있나?"

"허어……."

아무리 변명을 해도 구양경의 눈에는 의심이 가득했다.

오균은 답답한 마음을 풀 길이 없어 흔들리는 눈으로 고개를 떨궜다.

그러던 차에 누군가 집무실 문을 두드렸다.

똑똑!

"누구냐?"

신경질적인 구양경의 물음에 집무실 밖에서 여자 시종의 목소리가 들려왔다.

"장주님, 방금 중원에서 손님들이 도착했습니다."

"손님? 혹시 당가에서 왔느냐?"

"네, 그렇습니다. 당가의 규수들과 외당주께서 접객당에서 기다리고 계십니다."

당가에서 도착했다는 말에 노기로 가득하던 구양경의 표정이 반색으로 바뀌었다.

기다리던 손님이 드디어 도착한 것이다.

한결 누그러진 얼굴에 안도의 숨을 내쉬려는 오균의 귀로 청천벽력과도 같은 구양경의 말이 들렸다.

"흥! 이틀의 말미를 주도록 하지. 그 녀석을 잡아오지 않는다면 맹세컨대 사월방주라는 이름은 서역에서 사라질 것이니 각오하시게."

"구, 구양 장주! 대체 그런 억지가 어디 있습니까?"

"본 장주가 하는 말을 허투루 생각하지 마시게. 분명 경고

했네."

"크으!"

"손님을 맞이해야 하니 이제 가시게."

당황해하는 오균을 무시한 채 구양경은 냉정하게 축객령을
내렸다.

손을 흔들며 마치 아랫사람을 대하듯이 나가라는 태도에
오균은 분한 마음이 들었지만 어쩔 수 없이 집무실을 나가야
했다.

산장을 빠져나오자 그 앞에서 진을 치고 있던 사월방의 수
하들이 모습을 드러냈다.

오균의 오른팔이자 부방주인 진맹이 걱정스러운 표정으로
물었다.

"방주, 어찌 되었습니까?"

"큭! 전혀 들을 생각조차 하지 않는구나."

"허어, 이를 어찌한단 말입니까?"

"심지어 이틀 안에 녀석을 찾지 못하면 사월방을 없애겠다
고 겁박하니 난감하기 그지없네."

오균의 말에 부방주 진맹을 비롯한 수하들의 표정이 싸늘
하게 굳었다.

아무리 서무림을 군림하는 서독황이라고 하지만 정도가 과
했다.

자신의 뜻대로 되지 않는다고 일개 방파를 없애 버리겠다고 협박하는 것은 그야말로 횡포였다.

"아니, 제 자식 놈을 본인이 찾아야지, 대체 저희 방을 얼마나 우습게 여기기에⋯⋯."

"향이 때문이겠지."

향이라는 말에 침을 튀며 화를 내던 진맹의 입이 닫혔다.

오향.

사월방주인 오균의 하나뿐인 여식이다.

서독항 구양경이 이 난리를 부리는 원인은 그녀에게 있었고, 그 화가 사월방 전체로 미친 것이다.

근심이 가득한 오균에게 진맹이 조심스럽게 의견을 제시했다.

"방주, 이렇게 된 이상 차라리 아가씨에게 다시 물어보는 것이 어떻겠습니까?"

"이보게, 그 애가 녀석의 소재를 말할 성싶은가?"

"하지만 방의 명운이 걸린 일인데 지금까지처럼 입을 다물겠습니까?"

진맹의 말에 오균이 고민스러운 표정을 지었다.

자신의 딸이지만 고집이 쇠심줄 같아 꼼짝하지 않는 그녀였다.

몇 차례나 구양경의 자식 소재를 물었지만 입을 닫다 못해

방문까지 걸어 잠갔다.

다그쳐 보기도 했지만 심지어 식음을 전폐하는 바람에 두 손을 들어야 했던 오균이다.

그러나 상황이 달라졌다.

"하긴, 방이 멀하게 생겼는데 별 도리가 없겠군. 가세나."

결국 다시 한 번 딸에게 물어보는 것 이외에는 방도가 없었다.

그러나 한편으로는 우려되는 사실도 하나 있었다.

구양가에서 검이나 도를 다루지 않는 것은 서역인 중에 누구도 모르는 자가 없었다.

그런데 사막에서 발견된 시신들은 전부 날카로운 검상에 의해 죽었다.

이런 의문이 풀리지 않은 상태에서 오균을 비롯한 사월방 원들은 근심이 가득한 표정으로 사월방으로 다시 돌아가야만 했다.

한편 백타산장의 동편에 자리한 접객당.

접객당에는 사천당가의 외당주인 관서를 비롯해 당혜미, 당유미 쌍둥이 자매가 숙소에 여장을 풀고 대기하고 있었다.

목적지에 도착은 했지만 접객당 내의 분위기는 싸늘하기만 했다.

자매끼리 대화 한마디 없이 냉랭한 눈빛으로 서로를 노려보고 있었다.

"흥!"

한참을 노려보다가 서로 고개를 획 돌리기 일쑤였다.

입장이 가장 난감한 것은 당연히 외당주 관서였다.

오른 손목에 붕대를 두른 당혜미를 보면서 관서는 차마 어떠한 말도 할 수가 없었다.

'가주께 면목이 없구나.'

타오촌의 개잔에서 정체 모를 고수에게 오른 손목의 힘줄이 잘린 당혜미를 급히 의원에게 데려갔지만 이미 손쓸 방도가 없었다.

힘줄이 잘려 나가 평생 오른손에 힘을 줄 수가 없게 된 당혜미였다.

무가의 집안에서 오른손을 쓸 수 없다는 것은 매우 치명적인 장애나 마찬가지였다.

의원에서 자신의 상태를 알게 된 당혜미는 마을 전체가 떠나가라 난리법석을 피웠고, 이곳 백타산장까지 오는 여정은 그야말로 지옥이었다.

"흠흠, 두 분 아가씨께 드릴 말씀이 있습니다."

하지만 여기에 와서도 계속 그럴 수는 없는 노릇이었다.

"곧 백타산장의 장주이신 구양 장주께서 오실 텐데 계속해서 분위기가 좋지 않으면 약혼이 성사되지 않을 수도 있습니다. 부디 이 자리에서만큼은 자중해 주시기 바랍니다."

"지금 그걸 말이라고 하는 거예욧!"

외당주 관서의 말에 당혜미가 기가 찬다는 듯이 반문했다.

그녀는 쌍둥이 동생인 당유미도 미웠지만 객잔에서 고개를 숙인 관서에게 매우 실망했다.

명문세가의 자제로서 자존심과 오만함으로 뭉쳐 있는 그녀였기에 그 순간이 얼마나 수치스러웠는지 모른다.

"계속 시끄럽게 떠들 거면 언니는 숙소로 돌아가지 그래?"

"뭐얏?"

그런 당혜미를 더욱 자극하는 것은 동생인 당유미의 일침이었다.

그에 그녀의 언성이 높아졌다.

서로가 당대 최고의 고수인 서독황의 일가로 시집을 것을 꿈꾸고 있었기에 그 경쟁심은 불과 같았다.

그때 접객당의 밖에서 기침 소리가 들려왔다.

"흠흠!"

그제야 쌍둥이 자매의 얼굴에 긴장감이 감돌았다.

약혼을 하고 언젠가는 들어가서 살아야 할 시댁이 될지도 모를 곳이니 말이다.

기침 소리에 조용해진 접객당의 문이 열리며 내부로 검은 장포에 사장을 짚고 있는 서독황 구양경이 모습을 드러냈다.

"당가의 외당주인 관서가 백타산장의 장주께 인사드립니다."

관서가 가장 먼저 일어나 고개를 숙여 포권을 취하자 당가의 자매들도 붉게 상기된 얼굴로 다급히 일어나 인사를 올렸다.

"당가의 당혜미가 장주께 인사 올립니다."

"당가의 당유미가 장주께 인사 올립니다."

말로만 듣던 당가 자매의 어여쁜 자태에 구양경의 얼굴에 흡족함이 피어올랐다.

두 자매는 사천에서도 명성이 자자한 미인들이었다.

중원의 명문세가인 사천당가의 여식을 며느리로 점해두고 있던 구양경이기에 두 자매를 바라보는 눈길이 예사롭지 않았다.

"클클클, 이렇게 당가의 어여쁜 규수들을 보니 본 장주가 몸 둘 바를 모르겠네. 본인은 이곳 백타산장의 장주인 구양경이라고 하네."

처음 보는 오황의 위엄에 두 자매와 관서의 심장이 쿵쿵 뛰었다.

무공을 연마하는 무인으로서 무림에서 제일 강한 다섯 무인 중의 한 명을 면전에서 본다는 것은 영광이나 다름없었다.

그러나 묘한 점은 예전에 가주를 따라 검황을 보았을 때와 달리 구양경은 불길한 기운을 풍기고 있었다.

"흐음?"

그때 구양경의 입에서 묘한 신음이 흘러나왔다.

두 자매를 살피던 차에 당혜미의 오른손을 감고 있는 붕대를 보았기 때문이다.

그 정도 되는 고수라면 미묘한 움직임만으로도 상대의 부상을 알아차리는 것은 손쉬운 일이었다.

"소저는 오른 손목의 근맥을 다쳤나 보구려."

"아아, 그, 그게……."

내심 손목의 힘줄이 잘린 것을 계속 의식하고 있던 외당주 관서는 말문이 막히고 말았다.

이를 잘 해명하지 않는다면 당혜미가 신부 후보에서 탈락할 것이 자명했다.

그렇다고 객잔에서 처음 본 고수에게 시비를 걸다가 다쳤다고 말할 수는 없는 노릇이었다.

당사자인 당혜미 역시도 뭐라고 말해야 할지 당황스럽기는 마찬가지였다.

이때 구양경에게 대답한 것은 다름 아닌 동생인 당유미였다.

"이를 어쩌나요. 장주님께 부끄러운 일이지만 제 언니가 사막을 건너는 길에 사고가 있어서 손목을 다쳤답니다."

'너?'

의외의 변호에 당혜미의 두 눈이 커졌다.

서로가 경쟁자였기에 입을 다물고 있을 거라 여겼는데 대체 무슨 속셈인지 궁금했다.

"허어, 그런 일이 있었는가? 하긴 이 험난한 서역 길을 건너오느라 고생이 많았겠구려. 이곳 본 산장에도 뛰어난 의원이 있으니 치료받게 해주겠네."

"장주님의 배려에 감사드립니다."

여기까지는 무난하게 잘 넘어가는 듯했다.

하지만 당유미의 말은 여기서 끝나지 않았다.

"잘됐다. 언니의 잘린 힘줄을 살릴 수 있는 의원이 있으면 참 좋겠다. 그치?"

쐐기를 박는 당유미의 말에 당혜미의 얼굴이 당혹감으로 굳어버렸다.

서독황 구양경이 이 자리에 없었다면 한 배에서 난 자매든 뭐든 당장에 독수라도 펼치고 싶은 심정이었다.

그러나 그녀는 그 정도로 바보가 아니었다.

"힘줄이 잘렸다……. 거참, 안타까운 일일세, 소저."

"아아……?"

부드러운 목소리로 다독이는 구양경의 말에 안도하던 당혜미는 그의 눈빛을 보는 순간 절망해야만 했다.

이미 자신에게서 관심이 식은 차가운 눈빛이었던 것이다.

서역 사막 지대의 동쪽 지역.

사막에서 유일하게 사람이 살아갈 수 있는 지역이 녹주(綠洲, 오아시스)가 있는 곳이다.

그런데 서역 길의 전 사막을 통틀어 동부 지역만큼은 녹주 지대가 현저하게 적어서 터전을 잡고 살아가기 힘들었다.

사막을 오가는 상인들과 객들은 그런 녹주들을 점으로 삼아 이동하는데 이것을 비단길이라고 했다.

하지만 워낙 기후 변화가 심한 사막이었기에 모래 지대의 변화가 심해 사막을 자주 오가는 상인들조차도 길을 헤맸다.

그렇기 때문에 사막을 터전으로 삼는 현지인의 도움을 받지 않으면 정확한 이동이 힘들었다.

동부 사막에 존재하는 세 곳의 녹주 중에서 가장 큰 곳에 터전을 잡고 있는 사월방은 이곳을 기반으로 동부의 패자로 거듭났다.

그런 사월방의 터전에 낯선 방문자들이 도착했다.

낙타 네 마리가 줄을 이어 녹주로 차례로 다가오고 있었다.

첫 번째 낙타가 선두로 길을 안내했는데, 회색 머리카락의 서역인 청년이 타고 있었다.

그리고 두 번째 낙타에 타고 있는 흰색 장포의 사내는 다름 아닌 천마였다.

"어이, 정말 여기가 백타산장이 맞느냐?"

녹주를 주변으로 수십 채의 집이 둘러싸인 마을을 보며 천마가 미심쩍은 표정으로 물었다.

그도 그럴 것이 백타산장이라는 이름을 가졌다면 분명 산이어야 했다.

그런데 아무리 눈을 비비고 쳐다봐도 이곳은 산은커녕 사방에 모래 대지만 펼쳐지고 있었다.

뒤에서 바라본 회색 머리카락의 청년은 대답 없이 몸을 움찔거렸다.

이에 천마가 무섭게 눈썹을 치켜세우며 말했다.

"대답 안 해?"

"그, 그게……."

청년은 백타산장 출신이니 당연히 그곳으로 가는 길을 잘 안다고 했다.

그런데 말을 더듬는 것으로 보아 분명 이곳은 아니었다.

"이 새끼가 지금 나랑 장난치나?"

천마가 손을 끌어당기는 시늉을 하자 낙타에 앉아 있던 청년의 몸이 붕 떠올라 어느새 천마에게 목덜미가 잡히고 말았다.

우드득!

"캑캑!"

잡은 아귀힘이 어찌나 강한지 목이 꺾이는 느낌이 들었다.

청년은 고통스러운지 얼굴까지 빨개져 기침을 해댔다.

"캑캑! 죄, 죄송합… 니다."

팍!

화가 난 천마가 짜증난다는 표정으로 모래 바닥에 청년을 내팽개쳤다.

생각 외로 멍청한 녀석은 아닌 듯했다.

목숨을 구해줬고 당연히 자신의 본가인 백타산장으로 돌아갈 거라 생각했는데 설마 전혀 다른 곳으로 유도하리라곤 예상하지 못했다.

'역시 뭔가가 있군.'

모래 바닥에서 목을 붙잡고 기침을 하고 있는 회색 머리카락의 청년.

그의 내공에는 독특한 제약이 걸려 있었다.

그런데 이런 제약을 걸기 위해서는 회색 머리카락의 청년과 같은 독문내공심결을 알고 있는 자만이 가능했다.

만약 서독황 구양경이 직접 제약을 건 것이라면 부자간에 문제가 있음이 틀림없었다.

그 역시도 일부 우려하긴 하지만, 내공의 제약 때문에 목숨이 위험할 수 있다고 겁을 주었기 때문에 백타산장으로 안내할 거라 여겼는데 결과는 아니었다.

'쩝, 약연의 말을 들었어야 했나.'

사실 이동하는 내내 약연이 전음으로 뭔가 이상하다는 말을 했다.

하지만 길 안내에 있어서 이미 신뢰를 잃은 그녀였기에 천마는 대수롭지 않게 여겼다.

그때 마을에서 소란스러운 소리가 들려왔다.

"꺄아아아악!"

"이방인이다!"

그들이 낙타를 이끌고 마을 입구에 들어서자 이를 발견한 마을 아낙네들과 아이들이 놀라며 호들갑스럽게 소리를 내지르며 집으로 들어가 버렸다.

"뭐야?"

의아해하던 차에 마을에서 갑자기 흰색 복면인들이 나타났다.

분명 밤이라서 어둡기는 했지만 회색 청년을 추적하던 그 복면인들과 같은 복색을 갖추고 있었다.

"적입니다, 조사님!"

놀란 약연이 낙타에서 뛰어내려 연검을 뽑으며 임전 태세를 취했다.

복면인들을 바라보는 천마의 눈매가 가늘어졌다.

이들은 이곳에서 매복하고 대기한 자들이 아니었다.

아낙네들이 소리를 내지른 것은 정말 놀라서 그런 것도 있지만 일종의 경고이자 흰색 복면인들을 부르는 소리였던 것이다.

"핫, 고작 안내한다는 곳이 놈들의 본거지였냐?"

천마의 짐작이 맞았다.

마을 한복판을 잘 살피면 한가운데 있는 녹주의 야자수 옆에 큰 비석이 놓여 있다.

그 비석에는 큼지막하게 사월방이라고 쓰여 있었다.

회색 머리카락의 청년이 안내한 곳은 다름 아닌 사월방의 본거지였던 것이다.

"고, 곤란하게 해드려서 죄송합니다. 하지만 이 방법 외에는 없었습니다."

"뭐?"

심기가 불편하다 못해 지독한 살기를 풀풀 풍기는 천마를 두려워하면서도 청년은 할 말을 했다.

뭔가 노림수가 있는 모양이다.

바닥에서 힘겹게 몸을 일으켜 세운 청년이 갑자기 사월방의 마을을 향해 몸을 돌리더니 큰 소리로 외쳤다.

"향 매애애애애애! 향 매애애애애애!"

웅성웅성!

경계심이 가득하던 흰 복면인들의 태도가 갑자기 달라졌다.

바닥에 엎어져 있을 때는 미처 몰랐는데 자신들을 향해 몸을 돌리자 비로소 회색 청년을 알아본 모양이다.

복면인들은 청년의 외침에 당황했는지 잠시 웅성거리다 검을 뽑아 들고 달려왔다.

"감히 여기가 어디라고 온 것이냐!"

바로 그때였다

"당장 멈춰요!!"

멀리서 외침과 함께 흰 옷을 입은 한 청초한 외모의 젊은 여인이 경공을 펼치며 날아왔다.

그녀의 등장에 검을 들고 달려들던 복면인들이 일제히 멈춰 섰다.

"아, 아가씨!"

아무래도 아가씨라 불린 이 젊은 여인은 복면인들보다 상전인 듯했다.

여인이 나타나자 기다렸다는 듯이 회색 머리카락의 청년이 반색하며 달려갔다.

와락!

두 사람은 애달픈 눈빛을 교환하며 서로를 껴안았다.

흰 옷의 젊은 여인이 눈물을 흘리며 회색 머리카락의 청년에게 말했다.

"우 가가, 왜 여기에 온 거예요? 다시 오면 위험하다고 말씀드렸잖아요."

회색 머리카락 청년의 이름은 구양우.

그의 정체는 백타산장의 장주인 서독황 구양경의 독남이었다.

"…미안해, 향 매. 어쩔 수가 없었어."

"어쩔 수가 없었다뇨, 가가?"

모든 것을 체념하고 받아들인 구양우의 눈빛에 여인의 동공이 흔들렸다.

잠시 머뭇거리던 구양우가 붉어진 눈시울로 입을 열었다.

"아버지께 내공을 금제당해서 내상이 심해졌어. 곧 죽을지도 모른다는 생각에 어떻게든 향 매를 보러 왔어."

"아아! 우 가가!"

만감이 교차한 여인이 눈물 젖은 얼굴로 모두가 보는 앞에서 구양우와 입을 맞췄다.

흰색 복면인들조차 절절한 분위기에 넋을 놓고 두 사람을 바라보고 있다.

"향 아가씨……."

향 매라 불린 이 청초한 여인은 이곳 사월방의 방주인 오균의 독녀 오향이었다.

두 사람은 보이는 그대로 서로를 사랑하는 연인 관계였던 것이다.

'어머머머!'

어떤 사연인지는 모르겠지만 서로를 애타게 끌어안으며 눈물을 흘리는 모습에 괜히 약연의 눈가가 촉촉해졌다.

하지만 천마는 아니었다.

인상을 잔뜩 구긴 채 허탈한 표정으로 고개를 절레절레 흔들었다.

당연히 죽음을 목전에 두었기에 살기 위해서라도 아비인 서독황을 찾아갈 거라 여겼는데 연인을 찾아오자 황당하기 그지없었다.

'젠장, 내 꾀에 내가 빠진 셈이로군.'

지략이 높은 그조차도 모든 것을 예상하고 뜻대로 움직이긴 힘들었다.

"응?"

그러던 차에 천마는 멀리서부터 느껴지는 기척에 고개를 돌렸다.

멀리서 이곳을 향해 급히 경공을 펼쳐 다가오는 수십 명의 기척이 느껴졌다.

'뭐야, 저놈들은?'

이윽고 사막의 능선을 넘어서 수십 명에 달하는 흰 복색의 무사들이 모습을 드러냈다.

맨 앞에서 선두로 경공을 펼치는 중년인은 사월방주 오균이었다.

"저것 때문이었나?"

천마의 눈에 마을의 굴뚝에서 일제히 피어오르는 검은 연기가 보였다.

그들이 나타난 순간부터 집안에 있던 아낙들이 불을 피워 신호를 보낸 것이었다.

"쯧쯧, 귀찮은 일투성이로군."

괜한 일에 연루되었다는 생각에 귀찮아진 천마가 혀를 찼다.

서독황을 잡으러 왔는데 갈수록 일이 꼬여가는 느낌이 들었다.

"방주님께서 오셨다! 와아아아아!"

얼마 있지 않아 사월방주 오균을 비롯한 부방주 진맹과 그 수하들이 마을에 도착하자 복면인들이 환호성을 내질렀다.

방주에 대한 믿음이 강한 집단이었다.

"대체 이게 무슨 일이냐?"

마을에서 피어오른 연기는 사월방이 위험하다는 신호였기에 천천히 낙타를 타고 이동하던 그들은 놀라서 급히 경공을 펼쳐 온 것이었다.

적의 공습이라도 벌어진 줄 알고 조마조마한 마음으로 달려온 오균은 고작 몇 명에 불과한 자들을 사월방의 전력이 둘러싸고 있자 의아해졌다.

그런 오균에게 복면인 한 명이 다가와 보고했다.

"방주님, 백타산장의 구양 공자가 나타났습니다."

"뭣? 구양우?"

사월방주 오균의 두 눈이 커졌다.

오매불망 어떻게 찾아야 하나 고민하던 구양우가 자신의 근거지인 사월방에 나타난 것이다.

"그런데 어째서 가만히 지켜보고만 있는 것이더냐?"

당연히 구양우가 나타났다면 추포를 해야 하는데 복면인들이 그저 주위를 포진한 채 지켜보는 이유가 궁금했다.

이에 복면인이 조심스러운 목소리로 말했다.

"그, 그게 아가씨께서 나오셔서……."

"뭐얏!"

미처 복면인들 사이에 둘러싸여 있어서 얼굴을 제대로 확인하지 못한 오균이 복면인들의 틈을 파헤치고 안으로 들어갔다.

그 안에서 구양우를 발견한 오균의 얼굴이 흉신악살처럼 구겨졌다.

자신의 여식인 오향과 구양우가 서로를 꼭 껴안고 있는 모습이 눈에 들어왔기 때문이다.

부들부들!

"이노오오오옴!"

화가 머리끝까지 차오른 오균이 그들을 향해 분노의 일갈을 토했다.

"앗! 아, 아버지!"

"아버님?"

사월방주 오균의 갑작스러운 등장에 구양우와 오향이 당혹감을 감추지 못했다.

물론 그 와중에도 서로를 껴안고 있는 몸은 여전히 그대로였다.

으득!

구양경의 협박 때문에 노심초사하던 오균은 두 사람의 이런 모습에 부아가 치밀어 올라 구양우를 딸에게서 떼어내려 했다.

"누가 네놈의 아버님이야! 어딜 감히 내 딸을 껴안고 있는……."

탁!

그때 누군가가 그의 어깨를 붙잡으며 제지했다.

사월방주 오균은 어이가 없다는 눈빛으로 자신을 붙잡은 자를 노려보았다.

"지금 본 방주의 어깨를 잡은 것이냐?"

"뭐, 보다시피."

오균의 어깨를 붙잡은 사람은 다름 아닌 천마였다.

"하! 이 건방진 놈이 감히!"

챙!

그렇지 않아도 노한 차에 처음 보는 젊은 청년이 자신을 제지하자 오균은 망설임 없이 도를 뽑아 휘둘렀다.

그러나.

댕강!

중원에서 공수해 온 그의 보도가 일순간에 두 조각이 나고 말았다.

무기로 막은 것도 아니었다.

그저 오른손 검지를 들었을 뿐인데 도가 부러졌다.

바닥에 떨어진 부러진 도신을 보며 오균이 두 눈이 휘둥그레져 떨리는 목소리로 물었다.

"다, 당신은 대체 누구요?"

52장

서독황 구양경

서역 동사막의 패자로 군림하고 있는 사월방.

그 사월방을 십 년 동안이나 운영해 온 사월방주 오균은 초절정의 고수였다.

녹주를 중심으로 터전을 가꾼 적은 인구의 서역인들은 중원에 비해 무림인의 수가 현저히 적었고, 무위가 높은 고수도 드물었다.

그런 서역에서 초절정의 고수는 개천에서 용이 났다고 할 수 있는 존재였다.

다만 그것이 서역인들 내에서라는 점이 문제였다.

댕강!

부러진 도를 보며 복면인들의 눈빛에 경악이 서렸다.

특별히 어떠한 움직임을 보인 것도 아닌데, 단순히 검지를 올린 것만으로 도를 부러뜨렸다.

"다, 당신은 대체 누구요?"

오균의 말투엔 어느새 공손함이 담겨 있었다.

이미 단 한 수만으로 실력의 격차를 확인했기 때문이다.

"내가 누군지 알 건 없고, 네놈이 이곳의 수장이냐?"

젊어 보이는 외모와 다르게 오만한 말투.

그러나 그 오만함마저도 어울릴 만큼 압도적인 분위기를 자아내고 있었다.

이에 오균은 자신도 모르게 고개를 끄덕였다.

"이곳 서역인이라면 백타산이 어디 있는지 알겠지?"

"백타산?"

서역 사람치고 백타산을 모르는 이가 누가 있겠는가.

그런데 백타산장의 소장주인 구양우와 같이 있기에 일행이거나 아는 자라 여겼는데 아무래도 아닌 듯했다.

'응? 그렇다면 이자는 백타산장 사람이 아니구나. 그럼 대체 누구지?'

오균이 잘 살펴보니 눈앞의 천마의 외양은 서역인이 아닌 중원인이었다.

의아해진 오균이 조심스럽게 물었다.

"…혹시 중원에서 오셨소?"

"그럼 네놈 눈에는 내가 서역인처럼 보이나?"

'이자는 입이 참 험하구나.'

오균은 고개를 절레절레 저었다.

하긴 서역인치고는 얼굴 피부도 하얗고 탄 흔적도 거의 없었다.

오랜 세월을 사막 지대에서 살아가는 서역인들의 피부는 까무잡잡하고 얼굴에 붉은 기가 놀았다.

"백타산은 무슨 연유로 찾으시는 것이오?"

"홍! 백타산장의 장주에게 볼일이 있거든."

평소의 천마라면 목적을 말하면서 감정을 숨길 것이다.

그러나 아까부터 구양우로 인해 심기가 불편했기 때문에 무슨 얘기를 하든지 기분이 썩 좋아 보이지 않았다.

'굉장한 적대감? 그렇다면 이자는 구양 장주의 적이구나!'

오균의 눈빛에 이채가 떠올랐다.

심기 불편한 천마의 표정이 공교롭게도 오균을 오해하게 만들었다.

만약에 천마가 서독황과 친분이 있는 것처럼 이야기했다면 입을 꾹 닫았을 것이다.

'이자가 정말로 구양 장주의 적이라면 본 방에게는 아군이

아닌가!'

적의 적은 아군이다.

서독황에게 적대심이 오를 대로 오른 오균이었기에 그자의 적이라면 지푸라기라도 잡고 싶은 심정이다.

그런데 입 밖으로 내지 않는 오균의 뜻을 모두가 파악할 리 없었다.

누군가 복면인들 사이에서 나섰는데 사월방의 부방주인 진맹이었다.

"방주님에게서 물러나랏!"

"부방주, 자, 잠깐!"

챙!

진맹이 용감하게 검을 뽑아 들고 오균을 위해서 달려들었다.

말릴 틈도 없이 천마를 향해 무쌍한 기세로 검초를 펼쳤지만 상대가 나빴다.

천마가 제자리에서 움직임도 없이 검지를 휘두르자 검초를 펼치던 진맹의 몸에 무수한 검상이 생겨나며 뒤로 튕겨져 나갔다.

'여, 역시 검기였구나.'

무형의 검기만으로 상대를 제압한다는 것은 적어도 화경급의 고수를 뜻했다.

아무리 봐도 약관에 불과해 보이는 외모에 경악할 만한 무위였다.

"크윽!"

진맹은 검상으로 인해 온몸에서 피를 흘리면서도 검을 지팡이 삼아 몸을 지탱했다.

일 초식만으로도 상대가 되지 않음을 알고 있었지만 이곳은 사월방의 근거지였다.

적에게 무릎을 꿇을 장소가 아니었다.

"부방주, 이세 무슨 싯인가?"

오균의 다그침에도 진맹은 천마를 향한 경계심을 풀지 않고 말했다.

"방주님, 저자가 구양 공자와 함께 있다는 것은 추격단을 몰살한 자가 바로 저자라는 말입니다! 어서 물러나십시오!"

찾아 헤매던 구양우를 발견했다는 생각에 추격단이 몰살당한 것을 잠시 간과한 오균이다.

부방주 진맹은 서독황도 걱정했지만 그 많은 인원의 추격단의 목을 벤 흉수도 신경을 쓰고 있었기에 단번에 천마를 의심한 것이다.

진맹의 외침에 이를 깨달은 오균이 놀라서 황급히 뒤로 물러나려 했다.

하지만.

"모, 몸이 안 움직여!"

보법을 펼치려 했는데 몸이 꿈쩍도 하지 않았다.

아무리 애를 써도 누군가 강하게 억누르는 것처럼 두 다리를 움직일 수가 없었다.

그런 오균의 어깨를 천마가 들어 올리며 살기 어린 목소리로 말했다.

"어디를 그리 가나?"

"허억!"

오균의 온몸에 소름이 돋았다.

서독황 구양경을 처음 보았을 때의 그 공포가 온몸을 잠식했다.

오균은 본능적으로 눈앞의 사내가 절대로 서독황 못지않은 괴물임을 깨달았다.

하지만 이를 모르는 사월방의 무사들은 방주의 위험을 그저 지켜보고만 있을 수가 없었다.

채챙!

흰 복면인들과 무사들이 일제히 무기를 뽑아 들고 천마를 포진하려 했다.

"감히 방주님께 무슨 짓… 아… 아아……!"

털썩!

진맹처럼 용감하게 달려들던 무사가 갑자기 바닥에 무릎을 꿇었다.

그뿐만이 아니었다.

물결이 퍼져 나가는 것처럼 주위를 포진하고 있던 복면인들이 몸을 부르르 떨더니 역시 무릎을 꿇었다.

솨아아아아!

"지금부터 겁 없이 나서는 놈들은 경고 따윈 없다. 굳이 죽고 싶으면 나서라."

지금까지 기세를 갈무리하고 있던 천마의 몸에서 상상을 초월하는 살기와 위압감이 뿜어져 나왔다.

좌중에 있던 모든 사람이 압도적인 기세에 숨을 쉬는 것조차 힘들어했다.

'내, 내가 대체 무슨 짓을 한 거지?'

천마의 뒤편에서 오향을 끌어안고 있던 구양우의 팔에 힘이 들어갔다.

괴물이라고 생각은 했지만 그의 상상을 초월했다.

구양우는 천마에게는 미안한 얘기지만, 영악하게도 그의 압도적인 무위를 방패 삼아 안전하게 사월방에서 오향을 찾으려 했다.

그런데 자칫하다가는 이곳 사월방이 멸방하게 생겼다.

'서, 서독황이 문제가 아니야.'

기세만으로 모두를 숨죽이게 만든 천마를 바라보며 오균은 두려움으로 어찌할 바를 몰라 했다.

그런 오균의 어깨를 쥔 천마의 손에 힘이 들어갔다.

꽈악!

"크윽!"

"네놈, 보아하니 백타산장의 장주를 아는 것 같은데 단도직입적으로 말하지. 서독황이 어디에 있는지 안내만 한다면 네놈들을 살려주도록 하지."

"아, 안내를 말이오?"

"그래."

천마의 제안에 오균의 눈동자가 정신없이 빠르게 돌아갔다.

안내를 하는 것은 전혀 문제가 아니었다.

단지 서독황의 아들인 구양우가 없는 곳이라면 모를까, 그 바로 앞에서 수락했다가 무슨 사달이 일어날지 뒷감당이 두려웠다.

'제기랄, 저놈이 제 애비에게 고하기라도 하면 사월방은 그대로 멸문이다. 이를 어찌해야 하지?'

사월방이 동사막에서 위세를 떨친다고는 하나, 백타산장에 비한다면 조족지혈에 불과하다.

당장에 서독황이 마음만 먹어도 하룻밤 새에 잿더미가 될 수도 있었다.

그런데 백타산장으로 안내하지 않았다가는 이 괴물의 손에 사월방이 멸방하게 생겼다.

오균에게 있어서는 무엇을 선택해도 최악의 결과를 가져올 저울질의 순간이었다.

"자, 잠깐만요! 드릴 말씀이 있습니다!"

뜻밖에 나선 것은 다름 아닌 구양우였다.

결정을 내리기도 전에 구양우가 나서자 모두의 얼굴에 긴장감이 서렸다.

팡!

그때 뭔가 공기를 가로지르는 소리가 울려 퍼졌다.

그 순간 구양우의 어깨로 날카로운 예기가 관통했다.

"크윽!"

"꺄아아아악! 우 가가!"

설마 경고라는 것에 자신도 포함되어 있으리라고 여기지 못한 구양우가 힘없이 쓰러졌다.

그나마 다행인 것은 경고와 달리 곧장 죽이지는 않았다는 것이다.

천마가 혀를 차며 말했다.

"쯧, 멍청하긴. 네놈이라고 예외인 줄 알았느냐?"

"크으으, 어째서 제 아버님을 찾으시는 겁니까?"

구양우가 식은땀을 뻘뻘 흘리며 힘든 자세로 물었다.

아비인 구양경과 근래 들어 사이가 좋지 않았지만 그래도 낳아준 부모였다.

지금 천마의 살기 어린 기세를 보아선 절대로 좋은 감정으로 묻는 것은 아닌 듯했다.

만약 아버지의 적이라면 절대로 백타산장의 위치를 가르쳐 주어선 안 되었다.

"네놈이 그걸 알아서 뭘 어쩔 거냐?"

여전히 마교의 교주를 비롯한 수뇌부는 독에 중독되어 있었다.

때문에 괜히 이곳까지 와서 시간 낭비를 했다고 생각한 천마는 구양우에게 매우 짜증이 난 상태였다.

하지만 구양우의 입장도 분명했다.

"당신이 아버님의 적이라면 제가 막을 겁니다!"

"웃긴 놈이로군. 제 애비가 내공에 금제를 가할 정도로 미움받는 주제에 그런 소리가 나오다니."

"그, 그건……."

"보아하니 네놈 애비가 반대하는 여자라도 만나는 것이 아니더냐?"

정곡을 찌르는 천마의 말에 구양우의 안색이 어두워졌다.

긴 세월 동안 천마 역시도 자식을 키워봤다.

정확한 사연은 모르나 분명 사월방주의 태도나 구양우의 몸 상태를 보면 양가에서 반대하는 사랑을 하는 것이 틀림없었다.

"그리고 누굴 누가 막는다는 것이냐?"

휘리릭! 슉!

천마가 싸늘한 목소리와 함께 오른손의 검지를 들자 모래 바닥에 떨어져 있던 부러진 도신 조각이 떠올라 구양우에게 로 날아갔다.

어찌나 빠른지 바닥에 쓰러져 있는 그가 피하기에는 무리였다.

그러니 날카로운 도신 조각을 맞은 것은 구양우가 아니었다.

"응?"

"아악!"

무공이 약한 오향은 그를 보호하기 위해 자신의 몸으로 도신 조각을 막았다.

도신이 등을 파고들자 그녀가 선혈을 토하며 비명을 질렀다.

이 모습에 천마의 위압감에 꼼짝 못하던 사월방 무사들의 표정이 일순간에 바뀌었다.

무인의 역량은 무위에서 온다고 하지만 그것은 때로 전의에서 발휘되는 경우도 흔치 않았다.

"크으으윽! 감히 아가씨를!"

"용서 못한다!"

사월방의 무사들은 자신의 몸도 제대로 가누지 못하면서 분노를 토해냈다.

억지로 천마의 기세를 이겨내려 하니 내상을 입는 것이 당연했다.

"쿨럭쿨럭!"

딸의 비명과 방원들의 피를 토하는 모습에 공포심을 떨쳐낸 방주 오균이 어깨를 움켜쥐고 있는 천마를 노려보며 말했다.

"내 소중한 딸과 사월방을 위협한다면 절대로 백타산장의 위치를 알려줄 수 없소!"

"아버지!"

오향이 피를 토하면서 글썽이는 눈으로 오균을 바라보았다.

"하?"

졸지에 악당과도 같은 입장이 되어버렸다.

그런 것을 의식하는 천마가 아니었지만 마치 한 편의 촌극을 보는 듯해서 어이가 없어 인상을 팍 구겼다.

꼬일 대로 꼬여 버린 상황에 천마는 진심으로 고민되었다.

'그냥 전부 죽여 버릴까?'

이곳 사월방 내에 있는 녹주를 발견했기 때문에 물을 비롯한 식량을 재정비한 후 지리를 잘 아는 안내인을 구해오면 될 것이다.

어차피 구양우가 서독황의 자식이라면 그 후환을 없애야 했고, 그를 사랑하는 오향이 복수를 꿈꾼다면 자연적으로 사월방 전체를 처리해야 했다.

자연스레 전부 죽이겠다는 쪽으로 마음이 가자 천마의 검지로 급속하게 내공이 모였다.

[잠시만요, 조사님.]

그때 천마의 귓가로 약연의 전음이 들려왔다.

백타산장의 접객당 건물의 이층 숙소.

이곳에 도착한 지 벌써 이틀의 시간 동안, 이불 속에 박혀서 허탈한 표정만 짓고 있는 이가 있었다.

그녀는 바로 당가 자매의 언니인 당혜미였다.

오른 손목의 힘줄이 끊어진 것을 알게 된 후로 차갑게 식은 구양경의 눈빛.

그것을 보게 된 그녀는 처음 이곳으로 향할 때의 의욕과 자신감은 온데간데없이 사라지고 없었다.

세가의 기대를 받아가며 구양가의 약혼녀로 간택되는 것을 꿈꿨지만 한순간에 물거품이 되고 말았다.

반면 당혜미와 다르게 당유미는 이미 약혼녀로 확정된 것처럼 백타산장을 이리저리 활보하고 있었다.

구양경의 태도 역시도 이미 당유미를 며느리로 받아들이기로 한 듯 살가웠다.

당가의 외당주인 관서의 입장에서는 두 사람 다 소중한 세가의 여식이기 때문에 안타까웠지만 약혼녀로 간택되는 것은 단 한 명이었기 때문에 어쩔 수가 없다고 여겼다.

'아가씨께서 저지른 행동이기도 하니……'

서역의 초입에서 돌발 행동을 하지 않았다면 적어도 간택의 기회는 있었을 것이다.

허탈하겠지만 스스로 책임져야 할 부분이었다.

'그런데 이곳은 온통 여자뿐이구나.'

관서는 이곳에 도착한 후로 남자 고용인을 본 것이 손에 꼽을 정도였다.

장작을 나르거나 궂은일을 하는 이들을 제외하면 대다수가 여자 고용인과 얼굴을 면사포로 가린 여자 무사들 뿐이었다.

그런데 흥미로운 사실은 백타산 내의 여자들이 하나같이 미녀라는 것이다.

'구양가의 사람들이 호색하다는 소문이 그저 헛소문은 아니구나.'

이미 오래전부터 백타산장과 교류를 해온 사천당가였다.

교역을 위해 사람을 파견하면서 백타산장의 분위기나 구양가를 면밀히 살폈다.

이곳으로 보낸 교역인들이 하나같이 한 말이 있다.

"백타산장은 마치 아방궁을 보는 듯하더이다."

아방궁은 진나라의 시황제가 산서성 서안 아방촌에 세운 궁으로 그 안을 수많은 미녀와 보석으로 가득 채워두었다.

그런데 이렇게 미녀들이 많은 곳에서 과연 당유미가 버틸 수 있을까 의문이 들었다.

'헤미 이기, 씨보던 딜하시난 만난지 않은데……'

당혜미에 비한다면 훨씬 영악한 그녀였지만 자존심이나 오만함도 언니 못지않게 강한 당유미였다.

이렇게 미녀가 많은 백타산장에서 인내할 수 있을지 궁금했다.

약혼 간택을 위해서 언니마저도 물 먹이는 성격의 소유자인 그녀이다.

'부디 가문을 생각해 그런 일이 없으면 좋으련만.'

이런 관서의 우려대로 백타산장을 활보하고 있는 당유미의 표정이 썩 좋지 않았다.

언니인 당혜미를 누르고 거의 간택되다시피 했다고 확신한 그녀지만, 그 기쁨이 그리 오래가지 않았다.

'어찌 된 것이 하나같이 여자뿐이잖아?'

영웅이 호색하다는 말이 있지만 이건 정도가 지나쳤다.

멀리 둘 필요도 없이 눈을 조금만 돌려도 바람피우기 딱 좋은 조건이었다.

이런 생각에 장주인 구양경에 슬쩍 의사 표현을 해보기도 했다.

"세가의 궂은일을 하기에는 여자 고용인이 너무 많군요."

"클클클, 이 황량하고 더운 사막에 이런 꽃이라도 많아야 보기 좋지 않겠니?"

이렇게 딱 잘라서 말하니 어쩔 도리가 없었다.

어쩐지 장주 부인이 젊은 나이에 일찍 병사했는지 알 것 같았다.

'흥! 분명 화를 못 이겨서 죽었을 거야.'

하지만 실상 장주 부인의 죽음에는 숨겨진 비밀이 있었다. 하지만 구양경은 그녀에게 알려줄 생각 따윈 전혀 없었다.

아무것도 모르는 당유미는 그저 혼인하게 되면 수단을 강구해야겠다는 고민뿐이었다.

한편 백타산장 장주의 집무실.

서독황 구양경의 인내심이 서서히 바닥나고 있었다.

사월방에 이틀의 기간을 주어 아들인 구양우를 데리고 오라고 하였다.

그런데 벌써 늦은 오후 무렵이 되도록 아무런 소식이 없었다.

'이런 식으로 나온다면 사월방을 없애는 수밖에. 클클.'

아직까지 당가의 사람들은 구양우가 가출한 사실을 전혀 모르고 있었다.

가문 내의 치부라고 생각해서 알리지 않은 것도 있었지만, 구양경은 스스로 못 이룰 일이 없다고 생각하는 오만한 사내였다.

'건방진 녀석, 간천 애비의 뜻을 기으드다니.'

잡아오기만 한다면 강제로 밀어붙여서 약혼식을 진행할 요량이었다.

외아들이어서 오냐오냐 키웠다는 생각에 이참에 버릇을 고쳐주려고 내공마저 금제시켰는데 예상 외로 오래 버텼다.

'역시 직접 나서야 하나?'

결자해지의 마음에 사월방에 맡겼는데 아무래도 아닌 모양이다.

생각해 보니 사월방의 그 계집과 정분이 나서 이 난리를 떠는 것인데, 차라리 직접 나서야 했다는 생각마저 들었다.

그렇게 고민하는 차였다.

똑똑!

누군가 집무실의 문을 두드렸다.

"무슨 일이냐?"

"장주님, 사월방주가 뵙기를 청합니다."

"혼자 온 것이더냐?"

만약에 구양우를 찾지도 못하고 혼자 왔다면 이 자리에서 죽일 생각이다.

그러다 다행히도 그것은 아니었다.

"소장주님께서도 같이 돌아왔습니다."

"호, 그래?"

구양경의 눈이 이채를 띠었다.

그 고집 센 녀석이 사월방주와 같이 왔다니 다행인 한편으로 뭔가 꿍꿍이속이 있다는 의심이 들었다.

하지만 상관없었다. 꿍꿍이가 있든 없든 손아귀에 들어온 이상 이제 제멋대로 행동하는 것은 끝이었다.

"좋아, 집무실로 불러라."

"그런데… 그 외에 다른 손님도 있습니다."

"다른 손님?"

"네, 사월방과 관련이 있는 분이라고 하는데 동석을 요청했습니다."

"클클, 사월방과 관련이 있다고? 대체 무슨 수작인 거지?"

독대를 해도 시원치 않을 마당에 누군가를 데려왔다는 것은 평범한 자가 아니라는 말이다.

서역 출신의 방파들은 녹주를 바탕으로 거점 활동을 하기에 특별한 유대가 없다.

사월방 역시도 특별히 다른 방파와는 아무런 연고가 없는 것으로 알고 있다. 그런데 대체 누구를 데려온 것일까?

"흥!"

어차피 누가 되었든 자신은 오황 중의 일인인 서독황이다.

자신의 앞에서는 누구라도 뱀의 아가리 속에 머리를 들이미는 먹이처럼 약자가 될 수밖에 없었다.

수작을 부리면 갑이 죽여 버리면 그만이었다.

"클클, 그 일행이란 자도 데려와라."

"알겠습니다."

장주의 명을 받은 시종이 간 지 얼마 지나지 않아 집무실로 손님들이 왔다.

제일 먼저 사월방주가 들어왔고 그 뒤로 구양우가 따라 들어왔다.

흉터가 많은 험악한 얼굴과 달리 조심스러운 모습의 사월방주는 예상대로였고, 구양우의 반항기 가득한 눈빛 역시도 여전했다.

그러나.

흠칫!

구양경의 눈빛이 일순간 흔들렸다.

아무런 경계조차 하지 않은 그였지만 마지막으로 들어오는 백색 장포를 걸친 청년과 눈이 마주치는 순간 시야 전체가 암흑으로 번지는 듯한 환상을 보았다.

'뭐지?'

그것은 아주 짧은 찰나에 불과했다.

이상하다고 여긴 구양경이 청년의 얼굴을 뚫어지게 쳐다보았지만 아무런 느낌이 없었다.

마치 무공을 익히지 않은 사람처럼 어떠한 기세조차 느껴지지 않았다.

'내가 착각을 했는가?'

현경의 고수인 자신이 다른 사람의 무위를 파악하지 못할 리가 없었다.

같은 오황급이 아닌 이상 기를 갈무리해 봐야 소용없었다.

'젊군. 고작 약관을 넘긴 녀석이 강해봐야……'

한계가 있었다.

현경의 경지에 오르려면 그저 내공만 강하다고 될 문제가 아니었다.

수많은 깨달음과 무공 경험이 뒷받침되어야만 오를 수 있는 지고의 경지였다.

구양경 역시도 몇 백 년에 한번 나올까 말까 한 무의 재능을 지녔기에 화경의 경지까지는 약관의 나이에 오를 수 있었다.

하지만 현경은 그 역시도 긴 무림 출도를 통해 깨달음을 얻고서야 오를 수 있었다.

"구양 장주를 뵙니다."

"어서 오시게, 사월방주."

여전히 긴장한 눈빛의 사월방주 오균을 향해 구양경이 인사를 건넸다.

아들인 구양우를 찾지 않으면 사월방을 없애 버린다고 협박당했으니 심경이 착잡하지 않을 수 없었다.

"이렇게 아들 녀석을 찾아줘서 이주 다행일세. 이 넓은 사막에서 얼마 없는 무림 동도를 없애지 않아도 되니 말일세. 클클클."

"크으……."

포악한 속내를 드러내는 구양경의 말에 오균의 안색이 창백해졌다.

빈말은 아닐 거라 여겼지만 정말로 이틀을 넘겼다면 사월방을 멸방시킬 속셈이었던 것이다.

그러나 여기서 그는 또 다른 모험을 해야 했다.

오균이 옆에 서 있는 백색 장포의 청년, 즉 천마를 곁눈질하며 눈치를 보자 천마가 뜻대로 하라는 의미로 고개를 끄덕였다.

다행히 구양경의 시선은 어느새 아들인 구양우에게 향해

있어 이를 보지 못했다.

"흥! 불효막심한 녀석!"

"이런 식으로 저를 붙잡는다고 아버지의 뜻에 따를 것 같습니까?"

아무리 중원무림 모두가 두려워하는 서독황이라고 해도 구양우에게 있어서는 그저 아버지일 뿐이었다.

구양우는 얼굴까지 시뻘게져 지지 않고 구양경에게 대들었다.

"어리석은 녀석! 애비의 말은 귓등으로 듣는 게냐!"

"아버님도 원하시는 여자를 만나 부인으로 맞이하셨으면서 왜 저는 안 된다는 겁니까?"

"이놈이 감히!"

다른 사람들 앞에서 계속 대드는 것에 화가 난 서독황의 심기가 불편해졌다.

자신도 모르게 손이 올라가는 것을 겨우 참고 말을 이어갔다.

"흥! 네 어미가 질 떨어지는 그 계집과 같은 줄 아느냐?"

"허어!"

졸지에 여식이 질 떨어지는 계집으로 치부받은 오균의 인상이 구겨졌다.

서역을 주름잡는 백타산장에 비하면 격이 떨어질지는 모르나, 어느 하나 부족한 것 없이 키워온 딸을 모욕하니 화가 나는 것은 부모로서 당연했다.

"구양 장주! 말이 너무 과하시오!"

"과해? 핫!"

중간에 끼어든 오균의 말에 구양경의 눈꼬리가 무섭게 치켜올라갔다.

"서역으로 온 지 십 년밖에 안 된 신출내기가 동사막의 교역로를 주름잡았다고 보이는 게 없나 보지?"

구양경의 말대로 오균은 이곳 서역 출신이 아니었다.

청해 곤륜파 속가제자인 그는 십 년 전에 들어와 동사막의 패권을 다퉜다.

그가 원래부터 서역인이었다면 눈앞의 구양경이나 구양우와 마찬가지로 회색 머리카락에 중원인보다는 털도 많고 덩치가 컸을 것이다.

"그런 뜻이 아니지 않소."

"목숨이 아깝지 않은가 보군, 사월방주."

구양경의 목소리에 어린 살기에 몸이 떨려왔지만 오균도 믿는 바가 있었다.

침을 꿀꺽 삼키며 호흡을 가다듬은 그가 입을 열었다.

"보, 본인도 억지로 여식을 장주의 아드님과 맺어주고 싶은 마음은 없소."

"감히 가당키나 하나!"

참으로 그 자부심이 오만함의 극치였다.

구양경이 콧방귀를 뀌며 윽박질렀지만 오균은 오히려 부드러운 목소리로 계속 말을 이어갔다.

"본인도 구양 장주처럼 자식의 장래를 생각하기에 두 사람을 맺어주고픈 마음은 일절 없지만… 하나 어찌 자식 이기는 부모가 있겠소."

"뭐, 그래서 어쩌겠다는 건가? 자네가 두 사람의 관계를 허락이라도 하겠다는 겐가?"

구양경이 기가 차다는 듯이 말했다.

고작 하룻밤이면 없애 버릴 수 있는 중소 방파의 방주가 건방지게 느껴졌다.

점점 살기가 짙어지는 구양경의 기세가 두려웠지만 오균은 침착하게 말을 이었다.

"보, 본인의 여식에게도 기회를 달라는 것이오."

"기회?"

"그렇소. 여기 계신 장주님의 아드님도 이리 원하는데 어찌 매몰차게 거절만 하실 참이오?"

구양우가 오균의 말에 동의한다는 듯이 힘차게 고개를 끄덕였다.

이에 구양경이 어이가 없는지 혀를 찼다.

어쩐지 이 고집 센 놈이 순순히 백타산장으로 돌아온 것이 작당을 한 모양이다.

"본 장주가 그 청을 들어줄 것 같은가?"

구양경은 절대로 손해 보는 장사를 하지 않는 인물이었다.

이미 자신은 당가의 여식을 며느리로 받기로 약속했는데 무슨 기회를 줄 수 있겠는가.

"총관에게 들었는데 당가의 손님이 도착했다고 들었습니다."

"흥! 그런 건 잘도 주워들었구나."

"제가 당가의 손님들 앞에서 약혼을 하지 않겠다고 깽판이라도 놓으면 어쩌실 겁니까?"

"뭐얏!"

구양우의 말에 구양경의 얼굴이 무섭게 일그러졌다.

유일하게 우려하던 부분이 그것이었다.

강제로 밀어붙여서 약혼을 진행하려 해도 구양우가 깽판이라도 놓으면 아무리 당가 쪽에서 원하는 약혼이라고 해도 거절할 확률도 무시할 수 없었다.

"네 녀석이 정말 두 다리를 부러뜨려 놔야 제정신을……."

화를 내려는 구양경의 말을 구양우가 가볍게 잘라먹었다.

"기회를 달라는 겁니다. 만약 아버님께서 향 매에게도 공정한 기회를 주셨는데도 마땅치 않으신다면 저도 제 고집을 꺾겠습니다."

"고집을 꺾겠다고?"

구양경이 의아해했다.

"군말 없이 아버님의 뜻에 따르겠다는 말입니다."

말인즉 사월방주의 여식인 오향에게도 약혼의 기회를 준다면 뜻에 따르겠다는 말이었다.

그저 고집만 부릴 줄 알았는데 이제는 흥정을 하려고 하니 구양경의 심경이 방금 전보다는 누그러졌다.

괘씸하기는 했지만 제법 의젓하게 느껴졌다.

'그저 고집밖에 부릴 줄 모른다고 생각했는데 제법 머리를 굴리는구나. 클클.'

잘 생각해 보니 무작정 약혼을 밀어붙이면 하나뿐인 아들 놈이 어디로 튈지 모를 노릇이긴 했다.

'어차피 기회를 준다고 해도 어려운 숙제로 떨어뜨리면 되지 않나? 굳이 비교하지 않아도……'

상대는 중원무림에서도 오대세가라 불리는 명문가문인 사천당가의 여식이다.

그 외모마저도 보통의 여인들보다 훨씬 아름다웠고 또래보다도 훨씬 뛰어난 무공과 교양을 갖춘 규수였다.

사막 한가운데서 살아가는 일개 방파의 여식과는 비교가 되지 않았다.

'후후후, 알아서 무덤을 파는구나, 녀석아.'

이렇게 생각이 정리되자 기분이 좋아진 구양경이 흡족하게 미소 지으며 말했다.

"좋다, 네 녀석도 사내이니 장부가 내뱉는 말의 무게가 얼마나 무거운지 알 것이다."

처음으로 실낱같은 기회를 얻게 되자 구양우의 얼굴이 밝아졌다.

이를 놓칠세라 오균이 넙죽 말했다.

"잘됐구려. 장주께서 이렇게 허락하시니 공중인을 모시겠소."

"뭣, 공중인?"

뜬금없이 공중이라는 말에 구양경이 인상을 찌푸렸다.

"서무림의 패자인 구양 장주가 직접 약조했다고 해도 사람 일은 어찌 돌아갈지 모를 노릇 아니오?"

마음만 먹으면 서역에 있는 전 방파를 혼자서도 없앨 수 있는 자가 서독황 구양경이다.

더군다나 구양경은 그 독수와 암계로도 명성이 드높은데 쉽게 믿을 수 없었다.

"본 장주를 못 믿겠다는 말이더냐?"

"믿지 못하겠다는 것이 아니라 어느 정도 공정한 절차를 위해서입니다."

"흥! 가지가지 하는군. 맘대로 하게."

어차피 공증인이 있다고 해도 고작해야 그들이 어찌하겠는가.

"두 사람의 공증인을 모실까 하오."

"두 사람?"

이 와중에 두 명의 공증인을 찾았다는 말에 대단하다 싶었다.

그런데 오균의 입에서 전혀 예상하지 못한 인물이 거론되었다.

"한 분은 서역도호부에 관인 파견을 요청했소."

"뭐, 도호부?"

오루성에 자리한 서역도호부는 나라에서 운영하는 서역 통치기구로서 무역로를 관장하는 관의 기관이다.

무림과 관이 불가침 조항이 있다고는 하지만 이곳 서역의 무림 방파들은 교역로를 중심으로 이문을 남겨 부를 축적했기에 그 영향을 받지 않을 수가 없었다.

백타산장 역시도 도호부에 많은 세금을 납부하고 이곳 서역 교역의 패권을 쥐고 있었다.

오균의 철두철미함에 방심했다는 듯이 구양경이 혀를 내둘렀다.

'그저 머저리인 줄 알았는데… 이놈이… 크윽!'

서역도호부의 관인을 불렀다면 대충 허투루 넘기기에는 일이 커졌음을 의미한다.

물론 그렇다고 불리할 건 없었다.

서역 교역로의 패권을 위해 도호부와의 관계가 돈독했기 때문이다.

"그리고 다른 한 사람은 누군가?"

구양경의 질문에 오균의 시선이 자연스레 천마에게로 향했다.

그 역시도 천마의 정체는 진혀 알고 있지 못했다.

확실하게 알고 있는 점은 서독황 구양경 또한 방심할 수 없는 절대 고수일지도 모른다는 것이다.

하지만 이를 모르는 구양경에게는 그저 젊은 청년일 뿐이었다.

"이 젊은이가 대체 누구시라고 공중을 맡는단 말인가? 클클, 지금 본 장주를 상대로 농담을 하는 건가?"

"농담이 아니오."

황당하다는 듯이 노려보는 구양경의 앞으로 천마가 피식 웃으며 뭔가를 내밀었다.

그것은 금색으로 만든 패로 그 안에는 천마신교(天魔神教)라는 표식이 있었다.

"이건?"

"나는 천마신교에서 왔다. 여기에 볼일이 있어 왔다가 공중을 맡기로 했지."

"마… 교?"

천마신교라는 말에 구양경을 비롯한 집무실 내 사람들의 얼굴이 동시에 굳었다.

뭔가 있을 거라고는 여겼지만 설마 마교의 사람일 거라는 상상도 하지 못한 그들이다.

구양가의 며느리를 뽑는 공중에 무림 삼대 세력 중의 하나이자 단일 세력으로는 최대 규모를 자랑하는 마교에서 공중을 맡은 셈인 것이다.

백타산장에 도착한 후로 천마의 눈은 서독황 구양경을 예의 주시하고 있었다.

멀리서 마교에 하독을 할 만큼 배포가 크다 못해 대범한 이자가 어떤 인물인지 가늠해 보는 것이다.

처음 그와 마주했을 때 첫 느낌은 매우 강렬했다.

천 년 전에도 구양가의 고수와 마주한 적이 있지만 그때와는 비교할 수 없을 만큼 완성된 기운이 몸 전체에서 풍겨져 나왔다.

중원에 출도한 후로 두 명의 오황과 마주했지만 이렇게 위험한 냄새를 풍기는 자는 서독황이 처음이기도 했다.

'현경의 경지에 올랐기에 풍기는 독기야 잘 갈무리할 수 있다지만… 손톱 색이 평범한 걸 보니 독에 있어서는 범접하지 못할 경지에 올랐군.'

독공을 연마하는 자들에게는 특징이 있었다.

인간의 몸으로 상극인 독을 연마하다 보니 육신에 그 흔적이 남는다.

가령 동공이라든가 미간, 피부 등에 독기의 흔적이 남는데, 이것은 무공의 경지가 높아질수록 사라지게 된다.

다만 유일하게 흔적이 사라지지 않는 것이 손과 손톱의 흔적이다.

사천당가의 독공 고수들도 손톱을 보면 파랗게 물들어 있다거나 하얗게 변색되어 있는 경우가 다반사였다.

그러나 서독황의 손톱을 보면 일반 사람과 전혀 다를 바가 없었다.

'무향 무독의 경지에 올랐다면 상대하기 까다롭기는 하겠군.'

독에 있어서 최상의 경지는 독이 퍼져 나가는 것조차 상대가 모르게 하는 것이다.

서독황과 겨뤄서 겨우 목숨을 부지한 자들이 하나같이 말했다.

언제 독에 중독되었는지도 모르게 이미 오장육부로 독기가 침투되어 무위를 상실했다고 한다.

무림의 패자로 거듭난 검황조차도 직접 서독황 구양경과의 대결을 피할 만큼 그는 오황 중에서 가장 위험한 자였다.

"마… 교?"

마교라는 말에 구양경의 얼굴이 굳었다.

이를 놓칠세라 천마의 눈빛이 그를 날카롭게 응시했다.

불과 얼마 전에 대범하게 마교 수뇌부를 상대로 하독했으니 과연 어떤 태도로 나올지 궁금했다.

사월방주 오균이나 구양우의 목적과 다르게 천마는 처음부터 구양경을 제압해서 진상을 밝힐 목적이었다.

자신에게 출수를 할 것인가, 아니면 당혹감을 감추지 못할 텐가.

그러나 예상과 전혀 다른 반응이 나왔다.

"호오, 이런 귀인이 올 줄은 몰랐구려. 클클!"

어느새 누런 이를 보이고 활짝 웃으며 반색을 표했다.

마치 오랜 지인을 만나는 듯한 태도에 천마의 눈이 이채를 띠었다.

그때 천마의 귓가로 구양경의 전음이 들렸다.

[마, 아니, 천마신교에서 이렇게 사자를 보낼 줄은 몰랐구려, 클클. 그때의 일은 잘 해결되었소?]

그때의 일이라는 말에 천마가 의아한 표정을 지었다.

[음? 그때 본 장주가 귀 교에 서찰을 보내 검황 그 작자의

중독 사실을 알려주지 않았는가.]

뒤에 이어지는 구양경의 말에 천마는 그제야 무슨 말을 하는지 이해할 수 있었다.

마교의 안가에서 마교 탈환을 준비할 무렵 현화단에서 백타산장으로 서찰을 보냈다.

그것은 검황의 중독 사실을 확인하기 위해서였다.

이는 후에 천마 역시도 직접 구양경의 답신을 확인한 바가 있다.

'뭐지? 일부러 떠보는 건가?'

자신이 벌여놓은 짓이 있기에 이런 반응이 나올 리가 없었다.

구양경의 표정과 전음의 내용만 들어보면 마교의 대전에 하독한 사실을 전혀 모르는 눈치였다.

잠시 고민하던 천마가 조용히 고개를 끄덕였다.

그러자 구양경이 흡족한 얼굴로 말했다.

"클클, 이렇게 귀한 손님을 모셨는데 몰라 뵀으니 오늘 저녁에는 만한전석이라도 대접해야겠구려."

매번 올 때마다 냉대하는 사월방주 오균과는 차원이 다른 접대였다.

이렇게 구양경의 기분이 좋아진 데는 다 나름의 이유가 있었다.

'클클, 오균 이놈이 잔머리를 굴려도 본 장주의 손바닥 위로 구나.'

구양경은 천마에게 전음을 보낸 것처럼 마교에 중요한 도움을 줬다고 생각하고 있었다.

그렇기에 마교의 인물이라면 오균이 어떤 제안을 하던 간에 공중인으로서 결국 자신의 손을 들어줄 것이라 판단했다.

'흥, 일단은 조금 지켜봐야겠군.'

무작정 구양경을 제압하려 했던 천마였지만 생각을 바꾸었다.

만약에 정말로 구양경이 마교의 사건과 관련이 없다면 괜한 적대 관계를 만드는 것이나 마찬가지였다.

마교의 입장에서도 서무림의 패자인 서독황 구양경과의 관계가 우호적인 것은 나쁘지 않았다.

검문에서조차도 견제하는 세력을 일방적으로 처리하기에는 아까웠다.

그런 천마의 생각을 모른 채 구양경은 시종들을 불러서 접객당의 객실로 그들을 안내하게 했다.

서역도호부에서 관인이 도착해야 약혼녀를 뽑기 위한 시험을 진행할 수 있기 때문이었다.

모두가 집무실에서 나가자 구양경이 누군가를 불렀다.

"매(梅)!"

그러자 집무실의 천장에서 몸매가 드러나는 흰옷에 복면을 한 여인이 모습을 드러냈다.

여인이 부복하자 구양경이 목소리를 낮추어 명했다.

"사군자(四君子)에게 일러서 우아 녀석과 사월방주를 감시하라고 해라. 특히… 마교에서 왔다는 녀석을 유심히 살피라 해라."

"명을 받듭니다."

그 말과 함께 매라 불린 여인이 모습을 감췄다.

천마의 앞에서는 우호적인 모습을 보인 그였지만 구양경은 의심이 많은 인물이었다.

하필이면 이런 시점에 나타난 마교의 인물을 쉽게 믿을 수가 없었다.

'클클, 혹시 모르니 확인해 볼 필요가 있지.'

구양경의 눈빛이 기묘하게 반짝였다.

한편 접객당에서는 흥미로운 일이 일어나고 있었다.

며칠 동안 객실에 틀어박혀 있던 당혜미였지만, 기분이 최악이라고 하여 식음을 전폐할 수는 없는 노릇이었다.

요기를 하기 위해서 접객당 내의 식당으로 가던 차에 절대로 보고 싶지 않던 인물과 맞닥뜨리고 말았다.

"아, 아아, 다, 당신……."

식당과 가까운 객실을 안내 받던 천마의 눈이 이채를 띠었다.

타오촌에서 본 그 당가의 여식을 여기서 보게 될 줄은 그도 몰랐다.

'세상 참 좁군.'

하지만 그뿐이었다.

관심 없다는 듯이 한번 스윽 쳐다보고는 몸을 돌렸다.

그러나 당혜미는 아니었다.

천마가 힘줄을 끊는 바람에 백타산장의 며느리가 될 수 있는 자격을 잃고 말았다.

무공을 연마한 무가의 자제가 오른손을 쓸 수 없다는 것은 치명적인 단점이다.

'저놈 때문에… 저놈 때문에… 내 인생이……!'

여자의 한이 사무치면 무섭다고 했던가.

천마의 압도적인 무위는 어느새 잊었는지 당혜미는 몸을 돌린 그를 향해 연폭침을 꺼내 들어 겨냥했다.

타오촌에 있을 때는 제법 거리도 있었고 공격 대상자가 달랐기에 어떻게 막을 수 있었겠지만 지금은 사정이 달랐다.

'바로 등 뒤에서도 막을 수 있을 성싶으냐!'

그렇게 생각한 당혜미는 말없이 연폭침을 발사구를 눌렀다.

팡! 촤촤촤촤악!

폭약이 터지는 소리와 함께 수십 발에 가까운 날카로운 바늘 암기가 천마의 등을 향해 날아갔다.

좁은 복도였고 바로 등 뒤였기에 어떤 식으로든 막을 수가 없으리라 여겼다.

촤촤촤촤촤악!

수십 발의 바늘이 뭔가에 꽂히는 소리가 울려 퍼졌다.

복수를 성공했다는 생각에 당혜미의 입가로 희열이 가득 찼다.

그러나 그 희열은 오래가지 못했다.

"어, 어떻게 이런 일이……?"

천마의 등 뒤로 꽂힐 거라 생각한 바늘 암기들이 허공에서 검은 운무로 만들어진 막에 막혀 그 목적을 달성하지 못한 것이다.

당혹감에 어쩔 줄 몰라 하는 당혜미에게 천마가 몸을 돌렸다.

그리고 옆으로 손짓하자 검은 막에 막혀 있던 바늘 암기들이 복도 바닥으로 우수수 떨어졌다.

"계집이 간이 부었군."

천마의 살기 어린 목소리에 당혜미는 두려움으로 떨린 나머지 털썩 주저앉고 말았다.

적지에 와 있다는 생각에 항시 마기를 유형화해서 몸을 보호하고 있던 천마이다.

그런데 자신의 뒤를 당가의 어린 계집이 노렸으니 화가 날 만도 했다.

"그때 손목 하나 정도로 봐줬는데 그다지 삶에 미련이 없나 보구나."

"아, 아아, 그, 그게……."

한 번도 아니고 두 번씩이나 자신을 노린 셈이니 더 이상 용서할 가치가 없었다.

천마는 그 자리에서 검지에 검기를 일으켜 그녀의 목을 베려 했다.

"자, 잠시만 멈춰주십시오!"

그때 천마를 객실로 안내하던 여시종이 그를 만류했다.

백타산장을 찾아온 손님들끼리 다툰 경우가 없었기에 순간 당황했지만 어떻게든 사고는 막아야 했다.

"흥! 간섭하지 마라, 계집."

천마는 애초부터 남의 눈치를 보고 행동하는 사내가 아니었다.

죽이기로 마음먹은 이상 죽여야 직성이 풀렸다.

살기가 요동치자 여시종이 어찌해야 할 바를 모르다 소리쳤다.

"그, 그분은 저희 백타산장에 약혼녀 후보로 오신 사천당가의 손님이십니다! 함부로 그러시면 저희 장주님께서 언짢아하실 겁니다!"

어떻게든 말려야겠다는 생각에 여시종은 당혜미의 신분을
밝혔다.

비록 뒤에서 기습을 했지만 구양경의 손님이라고 밝히면 조
금은 화가 누그러지지 않을까 생각해서였다.

"약혼녀 후보?"

무슨 말을 하던 목을 베려 하던 천마가 검기를 거둬들였다.

"아아!"

여시종이 안도의 흰숨을 내쉬었다.

그러나 뒤편에 서 있는 그녀는 미처 알 수가 없었다.

천마의 올라간 입꼬리를 말이다.

기습을 당했기에 명목상의 구실이 있어 참을 생각이 없었
지만 그 와중에 좋은 생각이 떠올랐던 것이다.

'약혼녀 후보라……. 그렇다면 구양경 녀석이 제법 신경 쓰
는 손님이겠군.'

천마가 본 구양경은 자신에게 도움이 되는 자들에게 호의
적인 인물이었다.

그렇다면 약혼녀 후보인 만큼 당가의 계집을 소홀하게 대
할 리가 없었다.

'잘됐군.'

천마가 몸을 돌려 손을 뻗었다.

그러자 바닥에 떨어져 있던 바늘 암기들이 뽑혀 그의 손으로 빨려들어 왔다.

두려움에 젖은 당혜미는 무슨 영문인지 몰라 멀뚱히 그를 쳐다보았다.

천마가 회수한 바늘 암기들을 손에 쥐고 이리저리 살피더니 당혜미를 향해 물었다.

"어이, 계집."

"네, 네?"

"이 바늘은 그냥 평범한 암기냐?"

"펴, 평범한 암기예요."

당혜미가 떨리는 목소리로 대답했다.

그러자 천마가 고개를 갸웃거리며 바늘 암기를 코에 가져다 대며 냄새를 맡았다.

바늘 암기에서는 화약 냄새에 뒤섞인 묘한 향이 났다.

"네 눈에는 내가 병신으로 보이냐?"

"흐흑!"

살기가 물씬 담긴 천마의 말에 당혜미의 안색이 새하얗게 질렸다.

조금이라도 살아보겠다는 생각에 거짓말을 한 것이다.

"흐흑! 도, 독이 묻어… 있어요."

"어린 계집이 독수를 펼쳤으니 그 대가는 치러야겠지?"

"네, 네?"

그 순간 천마가 손에 쥐고 있던 바늘 암기를 망설임 없이 당혜미를 향해 던졌다.

연폭침으로 발사한 것도 아니었건만 천마의 심후한 공력이 실린 바늘 암기는 빠르게 날아가 오른쪽 다리에 일렬로 꽂혔다.

파파파팍!

"아아아아아악!"

바늘 암기가 치마를 뚫고 다리에 꽂히기 당혜미가 고통에 비녕을 질렀다.

그녀의 고통 따위는 전혀 신경 쓰지 않는다는 듯 천마가 이죽거리는 투로 말했다.

"어차피 해독제는 있을 테니 알아서 치료해라, 계집."

"끄으으으으으."

비명을 질러대던 당혜미의 얼굴색이 점차 파랗게 변색되더니 결국은 거품을 물고 기절하고 말았다.

천마는 흡족하게 미소 지으며 여시종에게 자신의 객실을 묻더니 가버렸다.

천마가 간 후 놀란 여시종은 어쩔 줄 몰라 하다가 우선 당가의 사람들을 불러서 당혜미를 데리고 가게 했다.

자신의 객실로 들어온 천마는 오른손에 들고 있던 무언가를 탁자에 올려놓았다.

그것은 옥으로 만든 손가락만 한 작은 호리병이었다.

천마는 호리병을 바라보고 의미심장한 미소를 지으며 중얼
거렸다.

"그럼 구양경 네놈이 어떻게 해독할지 한번 봐보실까. 크큭."

놀랍게도 호리병 안에는 마교에서 중독된 수뇌부들의 몸에
서 추출한 독이 들어 있었다.

사천당가의 외당주인 독수궁권 관서는 갑작스럽게 벌어진
일에 당혹감을 감추지 못했다.

이곳 접객당의 여시종이 달려와 당혜미가 위험하다는 말에
급히 나왔는데 독에 중독되었을 줄은 꿈에도 몰랐다.

다른 누구도 아니고 당가의 사람이 독에 중독되었다는 말
은 검객이 검을 다루다 제 손을 베었다는 말과 별 차이가 없
었다.

"아가씨! 혜미 아가씨!"

관서가 얼굴이 파랗게 변색되어 쓰러진 그녀를 흔들었다.

그래도 당가의 독공을 익혔기에 어느 정도 버틸 거라 여겼
는데 정신을 차리지 못했다.

찍!

"유미 아가씨? 이, 이게 무슨……?"

"눈이나 가려요."

외당주 관서는 민망함에 재빨리 눈을 감았다.

같이 나온 당유미가 느닷없이 당혜미의 치마를 찢은 탓이었다.

치마를 찢자 당혜미의 매끈한 다리가 드러났는데, 남들 앞에서는 감정 표현을 자제하는 당유미조차도 경악을 금치 못했다.

"이, 이건……?"

당혜미의 오른쪽 다리에 바늘 암기가 발목부터 시작해 허벅지까지 일렬로 꽂혀 있었던 것이다.

그녀는 이 바늘 암기를 보는 순간 연폭침임을 바로 알아챘다.

물론 외당주 관서 역시도 마찬가지였다.

"연폭침? 이게 어째서 아가씨의 다리에?"

당혜미의 성격상 스스로 다리에 대고 자해를 했을 리는 없었다.

더군다나 연폭침은 폭약으로 폭사되는 무기라서 큰 원 형태로 퍼져 나가기에 이렇게 다리에 일렬로 꽂힐 수도 없었다.

이를 설명한 것은 그들 곁에서 안절부절못하는 여시종이었다.

"실은……."

여시종은 방금 전에 있던 일을 당가의 사람들에게 알려주었다.

"하아!"

절로 한숨이 나왔다.

이야기를 들은 관서와 당유미는 황당해서 할 말을 잃고 말았다.

그렇게 자제하라고 신신당부했건만 백타산장 내에서 다른 사람에게 연폭침을 발사했을 줄은 상상도 하지 못했다.

"그 손님이란 자는 대체 누굽니까?"

아무리 당혜미가 사고를 쳤다고 해도 당가의 직계였다.

관서가 제법 화가 났는지 잔뜩 인상을 쓰며 여시종에게 물었다.

항의라도 하려는 것이라 여긴 여시종이 어찌할 바를 몰라 우물쭈물하다가 결국 그 손님의 정체를 밝혔다.

"그분은 마교에서 오신 분입니다."

"마, 마교?"

마교라는 말에 인상을 쓰던 관서의 표정이 굳었다.

처음에는 그자에게 항의라도 하려 했는데 마교의 인물이라면 사정이 달랐다.

그가 알기로 마교의 사람들은 복수에 있어서만큼은 철저하다고 알고 있었다.

'아가씨가 마교의 인물을 기습했다면 어찌할 도리가 없구나.'

아무리 오대세가가 정파의 명문 무가라고 해도 삼대 세력의 한 축인 마교와 비교한다면 손색이 있을 수밖에 없었다.

결국 그들은 화를 눌러 담고 당혜미를 객실로 데려왔다.

그나마 다행인 것은 당가의 사람들은 늘 자신이 쓰는 암기나 무기의 해독제를 들고 다닌다는 것이었다.

"찾았어요, 외당주."

당유미가 언니인 당혜미의 짐을 뒤져 해독제를 찾았다.

연폭침에 쓰인 독은 즉각 살상용은 아니기에 그리 심한 독은 아니었다.

'그런데 연폭침의 암기에 찔리면 원래 이랬던가?'

당가의 사람치고 독에 관해서 해박하지 않은 이가 없었다.

당혜미가 알기로 연폭침에 찔리면 서서히 독기가 스며들어 몸이 마비된다.

'하긴 이렇게 많이 맞은 경우는 없었으니까.'

연폭침을 바로 앞에서 쏴서 맞지 않고는 이렇게 많은 침을 한 사람이 몰아서 맞는 경우가 없긴 했다.

그렇게 당유미가 의아해하는 사이 관서가 해독제를 당혜미의 입을 벌려 넣었다.

액상으로 되어 있는 해독제라서 즉시 효과를 볼 수 있었다.

"음?"

그런데 이상했다.

상태가 좋지 않아 해독제를 꽤 많이 복용시켰는데 아무 반응이 없었다.

오히려 얼마 지나지 않아 발작까지 일으켰다.

부들부들!

당혜미의 눈이 뒤집히더니 온몸에 경련이 일어나며 몸을 뒤틀었다.

관서와 당유미는 알 수 없는 증상에 당황해 자신들이 할 수 있는 여러 처방을 해보았지만 증상이 호전될 기미가 보이지 않았다.

"대, 대체 왜 이런 거죠?"

이러다 그녀가 죽을지도 모른다는 생각에 언니를 견제하는 당유미조차도 목소리가 떨려왔다.

어찌할 바를 모르던 관서가 극단의 결정을 했다.

"아, 안 되겠습니다, 아가씨. 아무래도 구양 장주께 도움을 요청해야 할 것 같습니다."

자신들이 가져온 독 암기에 중독되었기에 웬만해서는 본인들 선에서 해결하려 했으나 도무지 방법이 없었다.

같은 독공을 연마하는 가문으로서 수치스럽기는 하지만 당혜미를 죽게 내버려 둘 순 없었다.

"제, 제가 장주님께 가볼게요."

"부탁드립니다. 아가씨는 제가 맡고 있겠습니다."

"네!"

당유미가 급하게 객실을 나가 구양경의 집무실이 있는 건물로 향했다.

이런 심각한 상황 속에서 객실 천장의 숨겨진 공간 속에서 미세한 움직임이 있었다.

워낙 은신이 절묘하다 보니 독수궁권의 관서조차도 알아차리기 못할 정도였다.

[어떻게 할까요, 매(梅)?]

천장 위에 숨어 있는 자는 한 명이 아니었다.

네 명이나 되는 여자 복면인이 갑작스러운 사태에 전부 모여 있었다.

이들의 정체는 구양경이 직접 훈련시킨 암살조인 사군자였다.

조장인 매의 의견을 구하는 복면인은 국(菊)이었다.

[아까 본 것은 정말 확실하지, 국?]

[네. 제가 마교의 인물을 감시하기로 해서 계속 예의 주시했는데, 작은 호리병 같은 것에서 뭔가를 꺼내 암기에 묻히는 걸 봤습니다.]

이들은 장주인 구양경의 명으로 손님들을 감시하는 중이

었다.

국이라 불린 여자 복면인은 천마가 접객당에 들어올 때부터 줄곧 천장에서 은밀히 감시하고 있었다.

[장주님께 보고 드려야지. 그자가 의도한 거라면 위험해.]

사천당가의 규수를 중독시켰다.

아무리 노력해도 해독할 수 없다면 당연히 독에 있어서 일인자인 서독황 구양경에게 도움을 요청할 수밖에 없었다.

그런데 이것이 의도된 상황이라면 분명 함정일 것이 틀림없었다.

[난은 계속해서 여길 살피고 국과 죽은 원래의 임무를 계속 수행해. 장주님께는 내가 다녀올 테니까.]

[넵!]

그들에게 당부를 내린 매가 자리를 뜨려는 참이다.

그 순간 그들의 귓가로 목소리가 들려왔다.

"어딜 그리 급히 가나?"

매를 비롯한 사군자의 두 눈이 커지며 동공이 심하게 떨렸다.

순간 자신들이 착각한 것일 수도 있다고 여겼지만 모두가 동시에 들었다.

아무런 기척조차 감지하지 못했는데 대체 누구란 말인가?

'어디지?'

목소리는 들렸는데 그자가 어디에 있는지 포착할 수가 없었다.

움직임을 멈춘 채 사군자가 빠르게 눈을 굴렸지만 어두운 천장 내에서는 어떠한 기척도 감지되지 않았다.

"여긴 참 특이해. 시종에서부터 이런 쥐새끼들까지 전부 계집들이란 말이야."

두 번째 들리는 목소리에 그들은 정확히 상대가 어디에 있는지 파악했다.

사군자가 동시에 고개를 돌렸다.

그러자 그들이 바라본 곳에는 백색 장포를 입은 사내가 우두커니 서 있었다.

'헉!'

순간 놀란 나머지 소리를 낼 뻔했다.

사군자 중에 국의 눈이 제일 심하게 떨렸다.

그도 그럴 것이 조금 전까지 자신이 감시하던 천마인 것이다.

"쥐새끼처럼 뿔뿔이 흩어져 있더니 이젠 모여서 작당질을 하네? 크큭."

천마의 살기 어린 목소리에 그들은 아무 답변도 할 수 없었다.

그보다도 당가의 손님들이 천상 바로 밑에 있었기에 기척을

낼 수가 없었다.

자신들이 소리를 내면 감시했다는 사실이 알려지기 때문이다.

[죽여.]

[네?]

[당가의 사람들이 알게 되면 문제가 더 커져.]

너무 놀란 나머지 상황 판단이 점차 흐려져 가는 그들이었다.

그러나 매의 말대로 단 한 명에게만 들켰다면 그자를 처리해서 사건을 무마시키는 게 최선의 방법이기도 했다.

"호오?"

암살자들은 훈련을 받는 것보다 살기를 지우는 법부터 배운다.

하지만 아무리 살기를 제어해도 한순간이나마 누구를 죽이겠다는 마음을 먹으면 미세한 살기가 발생할 수밖에 없다.

천마는 살의를 감지하는 능력은 무림 전체를 통틀어 발군이라 해도 과언이 아니었다.

"내 입을 막아보겠다는 것이냐?"

천마의 말이 떨어지기가 무섭게 사군자가 뒤춤에서 단검을 빼 들고 달려들었다.

암살 훈련을 받은 그들의 보법은 무음보(無音步)라 하여 발소리가 거의 들리지 않는다.

더군다나 남자 암살자들에 비해서 몸이 가볍기 때문에 더욱 최적화되어 있었다.

'죽엇!'

네 명이 동시에 동서남북 방위를 점하고 단검을 찔러들었다.

각기 다른 요혈을 동시에 찔러들어 상대를 제압하기 위한 합격기였다.

그러나 상대는 다른 누구도 아닌 천마였다.

촥! 촥! 촥! 픽!

사군자의 우두머리인 매가 복부를 맞고 뒤로 튕겨나갔다.

배를 가격당해 아픈 와중에도 소리가 들릴까 봐 신음 소리조차 내지 않고 낙법을 펼쳤다.

덕분에 넘어졌음에도 소리가 크지 않았다.

'크윽! 역시 마교의 고수로구나.'

암살자의 특성상 상대가 방심한 틈을 노리지만 상대는 이미 만전의 상태였다.

물론 만전이 아니더라도 가볍게 제압할 수 있지만 말이다.

"하악!"

몸을 굴린 매가 다시 자세를 취하고 반격을 가하려다 눈앞에 벌어진 광경에 경악을 금치 못했다.

그녀를 제외한 난, 국, 죽이 바닥에 누워 있는 것이다.

그보다도 그녀를 경악스럽게 만든 것은 난, 국, 죽의 잘린 머리가 허공에 떠 있는 것이었다.

얼마나 심후한 공력이었는지 핏방울조차 떨어지지 않게 허공섭물을 펼치고 있었다.

"괴, 괴물… 헙!"

놀란 나머지 자신도 모르게 입 밖으로 말이 나왔다가 다급히 입을 틀어막았다.

그런 그녀를 바라보며 천마가 손가락을 저으며 말했다.

"어차피 소리는 차단했으니 아무도 못 듣는다."

이미 천장에 올라온 시점부터 진기로 사방에 막을 쳐서 소리를 차단한 상태였다.

적어도 이런 신기를 보이려면 화경의 경지 이상의 고수여야만 가능했다.

'어, 어떻게 이런 괴물이 백타산장에……'

동료들이 죽은 것도 충격이었지만 이 사실을 어떻게든 장주에게 전해야만 했다.

충격과 공포에 질린 매는 떨리는 몸을 붙들고 눈을 돌렸다.

조금만 경공을 펼쳐도 천장을 벗어날 수 있었다.

'제발… 제발……!'

마음을 먹은 그녀는 용천혈로 기를 모아 전력으로 경공을 펼쳤다.

그녀의 발끝이 천장 바닥에서 떨어지는 순간이었다.

"앗?"

당연히 앞으로 치고 나가야 할 몸이 허공에 뜬 채로 뒤로 끌어당겨졌다.

놀라서 고개를 돌리자 어두운 천장의 음영에 천마가 무서운 눈빛으로 손을 내밀어 심후한 공력으로 그녀를 잡아당기고 있었다.

"아, 아아아아아! 안 돼애애애애애!"

결국 공포를 이기지 못한 그녀가 찢어질 듯한 비명을 질렀지만 아무 소용이 없었다.

그녀의 비명은 진기로 이뤄진 막을 통과하지 못하고 천장 내에만 울려 퍼졌다.

객실의 천장에서 끔찍한 일이 벌어지고 있는 사이 객실로 백타산장의 장주인 구양경이 들어섰다.

"클클, 대체 무슨 일인가?"

구양경이 도착하자 당가의 외당주 관서가 다급하게 당혜미를 보였다.

객실 침대에 누워 있는 당혜미는 발작이 심하다 못해서 몸 전체가 파랗게 변색되어 죽기 일보 직전의 상태였다.

"흐이!"

급한 일이라고 해서 다급히 오긴 했는데 이 정도로 중태일 줄은 몰랐다.

구양경이 다급히 당혜미의 맥에 손을 가져다 대었다.

'흐음, 맥이 약하다. 독기가 이미 전신에 퍼졌군.'

상태가 최악임을 파악한 구양경이 당혜미의 팔소매를 올렸다.

"잠시 실례하겠네."

"네?"

구양경이 미리 가져온 은 바가지를 밑에 내려놓고 당혜미의 팔에 손을 긋는 시늉을 했다.

그러자 당혜미의 팔이 베이며 검은 피가 흘러내렸다.

은색 바가지에 검은 피가 묻자 뿌연 김이 위로 올라왔다.

"지, 지독한 독기다."

독을 다루는 당가 내에서도 이 정도의 독기는 손에 꼽을 정도로 적었다.

무공이 그리 뛰어난 것은 아니었지만 당가의 독공을 연마한 그녀였기에 이 정도로 버티고 있는 것이었다. 보통 사람이었다면 그대로 즉사했을 정도로 독기는 지독했다.

당혜미의 피를 받은 구양경이 망설임 없이 피를 손가락으로 찍어 혀끝에 가져다 댔다.

"구, 구양 장주?!"

독에 내성이 강하다고 해도 함부로 해선 안 될 행동이었다.

이 모습에 당가의 사람인 관서를 비롯한 당유미가 인상을 찌푸리며 순간 구양경을 말리려 했다.

"쩝쩝! 퉤!"

피를 잠시 혀끝에 대었던 구양경이 그것을 다시 뱉어냈다.

시간이 촉박하지 않았다면 구양경 역시도 다른 방법으로 독을 파악했겠지만, 그러기에는 당혜미의 상태가 좋지 않았다.

'응? 이 독은……?'

혀끝으로 독을 맛본 구양경의 표정이 심상치가 않았다.

숨을 죽인 채 지켜보는 관서와 당유미를 향해 고개를 돌린 구양경이 의미심장한 목소리로 물었다.

"이 독, 당가의 독이 아닌데 어떻게 중독된 건가?"

"당가의 독이 아니라뇨? 연폭침의 독은 저희 당가의 독당에서 제조된 것이 맞습니다."

"…그런가?"

연폭침에 묻은 독은 당가에서 제조한 독이다.

단숨에 즉사시키기 위한 극독은 아니었지만 이렇게 많은 침을 맞게 되면 치명적일 수 있었다.

당유미를 비롯한 관서는 발작을 일으키는 당혜미의 증상이 그것에서 기인했다고 여겼지만 구양경의 판단은 달랐다.

탁자 위에는 당혜미의 다리에서 뽑은 침이 올려 있었다.

구양경은 그것을 살펴보다 이내 또다시 혀끝으로 독을 감별해 보았다.

'흐음······.'

역시 아니었다.

마비산을 비롯해 각종 독이 조합되어 있었지만 이 정도로 치명적이진 않았다.

전혀 다른 독에 중독되어 있었다.

"당가의 독이라고?"

"장주?"

영문을 모르는 관서가 의아한 듯이 쳐다보았다.

구양경은 침을 일렬로 나열해서 천천히 향을 맡았다.

독도 일종의 약재이기 때문에 향을 품고 있다. 지금 구양경이 하는 행동은 그 향을 구분하기 위함이었다.

"이것이군."

구양경이 바늘 암기 중 하나를 집어 들었다.

다른 바늘 암기에서 맡아지지 않는 진한 향이 풍겨져 나왔다.

구양경은 그것을 조심스럽게 흰 천을 꺼내 잘 말아서 품 안에 챙겼다.

"일단은 급하니 응급처치부터 하고 본 장의 독당으로 옮기도록 하세."

"알겠습니다."

구양경은 독에 있어서 무림의 일인자라 불리는 만큼 대단했다.

그가 침으로 혈 자리를 찔러 넣어 일부 독을 빼낸 뒤 진기를 불어넣자 심각할 정도로 경련을 일으키던 당혜미가 어느 정도 안정을 되찾았다.

'대단하다. 과연 서독황이라는 별호에 걸맞은 실력이다.'

지켜보는 관서와 당유미가 감탄을 금치 못했다.

어느 정도 안정을 되찾자 당혜미를 들것에 실어서 백타산장 내의 독당으로 데려갔다.

독당으로 데려가는 사이에 구양경은 여시종에게 자초지종을 물었다.

"뭐? 마교의 그자와 마찰이 있었다고?"

"네. 어떤 연유인지는 모르겠으나 당가의 아가씨께서 그분에게 기습을 했는데 도리어 그 기습을 막아낸 뒤 규수께 그 바늘 암기를 쏘았습니다."

자초지종을 들은 구양경의 표정이 심상치 않았다.

사실 정파와 마교는 대립되는 관계인 만큼 어떤 식으로든 알력이 있을 수 있었다.

단지 구양경이 신경 쓰는 부분은 독에 있었다.

'이 독을 어떻게 그자가 가지고 있는 것이지?'

구양경은 독을 혀로 감별하는 순간 무슨 독인지 곧바로 알아차렸다.

어떻게 이 독을 구했는지는 모르겠지만 확실한 것은 고의적으로 당가의 규수에게 하독한 것만은 확실했다.

'설마 본 장주가 해독할 것을 예측한 것인가?'

백타산장 내에서 독을 쓰는 것은 독의 종주인 구양경이 있기에 무의미한 행동이다.

비록 치명적인 독이었지만 해독하지 못할 독이 아니었기 때문이다.

구양경은 당혜미의 해독 치료가 끝나는 대로 사군자를 불러서 정확한 상황을 물어봐야겠다고 생각했다. 그러다.

'아니다. 그전에 그것부터 확인해야겠군. 그 독이 유출되었을 리가 없는데…….'

사군자에게 묻는 것보다 먼저 해야 할 것을 떠올린 구양경은 여시종을 돌려보낸 후 독당으로 들어갔다.

그가 독당으로 들어가자 검은 그림자가 그 뒤를 따라 천장 위로 들어갔다.

워낙 순식간에 벌어진 일이라 마당에 있는 고용인들도 눈치채지 못했다.

'호오!'

백타산장의 독당에는 수많은 약재와 독, 극약으로 가득했다.

그것은 단순히 약재만이 아닌, 심지어 독을 가진 뱀, 전갈, 지네, 박쥐, 개구리와 같은 생명체를 비롯해 없는 것이 없을 정도였다.

서독황이라는 별호를 얻기까지 그가 얼마나 많은 연구와 연마를 거쳤는지를 보여주었다.

당가의 독당 역시 이와 비슷했는데, 그보다도 훨씬 규모가 크고 치음 보는 약새와 톡 생물체를 보며 당가의 사람들은 내심 흥분을 감추지 못했다.

'이러니 가주께서 어떻게든 백타산장과 인척 관계를 맺으려고 하지.'

당가의 외당주인 관서 역시도 독공을 연마하는 무인답게 관심이 쏠릴 수밖에 없었다.

당가의 직계인 당유미 역시도 놀이터에 놀러 온 아이처럼 독당의 이곳저곳에 눈이 갔다.

"클클, 역시 당가 분들답게 이곳의 진가를 아는구려."

구양경이 흐뭇한 얼굴로 말했다.

이곳 독당은 오랜 세월 동안 백타산장의 독의 연구가 집약된 곳이라 할 수 있었다.

그러니 독당에 관한 자부심이 높은 것은 당연했다.

"독공을 연마하는 입장에서 정말 존경스럽습니다, 구양 장주님."

"클클, 당가도 만만치 않을 텐데, 과찬일세."

말은 그렇게 하면서도 기분이 좋은지 구양경의 입가에 미소가 떠나지 않았다.

"그보다 먼저 해결할 것이 있네."

이런 일이 없었다면 좋은 분위기에서 독당을 견학시켜 줬을 테지만 그러기에는 당혜미의 상태가 좋지 않았다.

구양경은 중독된 당혜미를 치료하기 위해 해독에 필요한 약재들을 꺼냈다.

생각 외로 해독에 필요한 약재의 종류가 매우 많았다.

'이상하다. 정말 구양 장주의 말대로 혜미 아가씨께서 다른 독에 중독되었단 말인가?'

저 정도의 약재 조합이면 당가에서도 극독을 해독하는 비법에 가까웠다.

외우려고 하는 것은 아니었지만 자연스레 약재의 배합에 눈이 가는 것은 어쩔 수가 없었다.

구양경은 해독 비법을 공개하는 것이 전혀 아깝지 않은 듯 대놓고 보여주고 있었다.

이것을 천장 위에서 유심히 살펴보는 이가 있었으니 바로 천마였다.

'해독을 쉽게 하는군.'

객실에서의 반응만으로는 확인이 불가능했는데 이제는 윤곽이 잡혔다.

구양경은 마치 이 독을 알고 있는 사람처럼 해독약을 쉽게 제조하고 있었다.

해독약의 제조를 마친 구양경은 즙을 내서 약제기에 끓인 것은 내복약으로 사용했고, 즙을 내지 않은 것은 연고처럼 상처 부위에 발랐다.

"오 오 오!"

관서의 입에서 탄성이 흘러나왔다.

온몸이 파랗게 변색되었던 당혜미의 살색이 조금씩 돌아오고 있었다.

약효가 빠른 것은 아니었지만 분명 효과가 있었다.

"장주님, 이 은혜를 어찌 갚아야 할지······."

"클클, 다 같은 식구가 될 처지에 무슨 은혜인가."

"그리 말씀해 주시니 정말 감사드립니다."

외당주 관서가 포권을 취하며 고개를 숙여 감사를 표했다.

구양경은 해약 제조법의 비율을 자세히 적어 관서에게 넘기고 일주일 동안 계속 복용시키길 권했다.

"이 처방대로만 하면 열흘이면 완치될 걸세."

"감사합니다!"

그렇게 치료를 마친 구양경은 당혜미를 객실로 돌려보냈다.

모두가 돌아간 것을 확인한 구양경은 뭔가 생각에 잠긴 듯 당혜미에게서 추출한 독을 살폈다.

한참을 독을 분석하던 구양경이 인상을 찌푸리며 독당을 나갔다.

독당을 벗어난 구양경은 조심스레 이목을 피해 백타산장의 뒤편인 바위산 쪽으로 향했다.

천마는 계속해서 기척을 죽이고 은신해 구양경을 추적했다.

산 중턱에 걸쳐져 있는 백타산장 뒤편에는 작은 건물이 산 바위벽에 붙어 있었는데 구양경은 그 건물로 들어갔다.

다른 건물들과 다르게 이곳의 입구에는 네 명의 면사포를 쓴 여자 무사들이 경비를 삼엄하게 서고 있었다.

'흐음…….'

밤을 틈타서 다시 와야 하나 고민되었다.

하지만 지금 당장 따라가지 않으면 중요한 것을 놓칠 수도 있다고 판단한 그는 곧장 몸을 움직였다.

파파파팍!

경계를 서고 있던 무사들이 뭔가를 의식하기도 전에 혈도가 점해져 서 있는 채로 잠들고 말았다.

천마는 그런 그들을 자연스럽게 지나쳐 건물 내로 들어갔다.

산 벽에 붙어 있었기에 예상한 대로 건물로 들어서자 바위 산 내부로 들어가는 동굴 입구가 자리하고 있었다.

'어딜 가든 비밀 통로 하나씩은 가지고 있군.'

동굴 통로로 기척을 죽이고 들어가자 아래로 내려가는 계단이 드러났다.

계단을 타고 한참을 내려가자 동굴 끝에서 밝은 횃불 빛이 보였다.

그곳에서 작게 구양경의 목소리가 들려왔다.

"언제 네놈들의 동료를 보낸 것이냐?"

푹!

"끄아아아아아악!"

동굴 끝에는 구양경 이외에도 누군가 있는 듯했다.

마치 고문이라도 하고 있는지 구양경의 말이 끝날 때마다 비명 소리가 끊이질 않았다.

뭔가를 캐묻는 듯이 계속해서 추궁하여도 다른 인기척의 존재는 아무런 대답도 하지 않고 그저 비명만 질러댔다.

'아무래도 다시 와야겠군.'

뭔가 이야기가 진척되나 싶었는데 들리는 것이 비명뿐이었다.

차라리 구양경이 돌아간 후에 와야겠다고 판단한 천마는 조용히 몸을 놀려 동굴 밖으로 나왔다.

그리고 입구를 지키는 여자 무사들의 혈도를 풀어주었다.

"아아……!"

"앗?"

자신들의 혈도가 점해졌다는 것조차 미처 알지 못한 그들은 깨어나자마자 근무 도중에 졸았다고 착각하고 말았다.

그래서 서로 민망한지 내색하지 않고 헛기침만을 해댔다.

한참이 지나고 건물 안에서 구양경이 다시 모습을 드러냈다.

어떠한 성과도 없었는지 그는 탐탁지 않은 표정으로 자신의 집무실로 돌아갔다.

'이제 다시 가보실까.'

구양경이 사라지길 기다리던 천마는 다시 여무사들의 혈도를 점하고 건물 안으로 잠입했다.

동굴의 계단을 타고 내려가자 이윽고 커다란 공동이 모습을 드러냈다.

횃불이 밝게 비추고 있는 공동은 다름 아닌 뇌옥이었다.

공동 내는 팔각으로 되어 있었고 여덟 개의 뇌옥이 면마다 위치하고 있었다.

'혈향이 짙군.'

고문을 한 지 얼마 되지 않았기에 뇌옥 내에서는 짙은 피비린내가 코를 찔렀다.

여덟 개의 뇌옥이 있었지만 일곱 개는 비워져 있고 단 하나의 뇌옥에만 누군가가 수감되어 있었다.

온몸에 피칠을 하고 있는 인영은 양팔이 벽면에 족쇄로 채워져 있고 두 다리는 무거운 철구를 달고 있어서 옴짝달싹도 하지 못했다.

'지독하게도 고문했군.'

손톱과 발톱은 이미 뽑혀진 지 오래였고 넝마가 된 옷 사이로 드러난 몸엔 상처가 빼곡했다.

그래도 죽이진 않으려고 했는지 지혈은 획일하게 해놨았다.

뇌옥에 걸린 철창과 자물쇠를 만져보니 한철로 만들어져 있었는데 한철은 보검이나 강기를 사용하지 않으면 잘리지도 않는다.

댕강!

천마가 검지로 자물쇠를 긋자 쇠가 잘려 나갔다.

뇌옥 안으로 들어가 기절한 듯이 고개를 숙이고 있는 수감자에게 다가갔다.

그의 혈에 손을 대보니 내공 한 점 느껴지지 않았다.

'철저하기도 하셔라.'

숙이고 있는 고개를 잡아서 들어보니 턱을 부숴놓아 혀를 깨물기도 힘들게 해놓았다.

대체 구양경은 무엇을 알아내기 위해 이자를 이렇게까지

만든 것인지 의문이 들었다.

뭔가 중요한 단서라도 있지 않을까 했는데 뭔가를 알아내기도 힘들었다.

'허탕이로군.'

그렇게 생각한 천마는 그의 턱을 내려놓으려고 했다.

그때 기절했다고 생각한 수감자가 갑자기 몸을 꿈틀거리며 반항하듯이 움직였다.

"끄으으으읍!"

채애애앵!

그러나 팔다리를 구속하고 있는 족쇄에 걸려 제대로 움직이지 못했다.

천마는 이리저리 몸을 움직이는 수감자의 턱을 붙잡고 고개를 일으켜 세웠다.

"어이!"

"끄읍, 끄으으으!"

만약 정신을 차렸다면 뭔가를 알아볼 여지가 있었다.

몸부림을 치던 수감자가 공포에 질린 듯 몸을 떨다가 처음 듣는 목소리에 멈칫했다.

구양경이 다시 돌아온 줄 알았던 모양이다.

"내 말이 들리나?"

눈을 감고 있는 수감자가 몸을 파르르 떨며 고개를 끄덕였다.

천마는 그의 다리를 무겁게 하고 있던 족쇄를 잘라 몸을 편하게 해주었다.

몸이 한결 편해지자 수감자가 거친 숨소리와 함께 입을 열었다.

"하아, 하아! 누, 누구시오?"

"내가 누군지보다 네놈은 누구인데 이곳에 잡혀 있는 거지?"

"아, 아아?"

천마의 질문에 수감자가 이해할 수 없다는 듯이 고개를 갸웃거리더니 이내 감고 있던 눈을 조심스럽게 떴다.

그 순간 천마의 눈빛이 놀라움으로 번졌다.

수감자의 눈이 피처럼 붉은 색을 띠고 있었던 것이다.

"…네놈, 혈교의 부활자군."

놀랍게도 이곳 뇌옥에 갇혀 있는 수감자는 다름 아닌 혈교의 부활자였다.

붉은 안광이 선명한 혈교인은 자신의 정체를 눈치챈 천마를 바라보며 당혹스러운 표정을 지었다.

"다, 당신은 대체 누구이기에 그, 그것을……?"

"그건 네놈이 알 바가… 음?"

바로 그때였다.

뇌옥의 입구 쪽으로 나가오는 빠른 기척을 감지한 천마가 고개를 돌렸다.

동굴 통로를 따라 빠르게 경공을 펼쳐 들어온 자는 바로 이곳 백타산장의 주인인 서독황 구양경이었다.

뱀의 머리를 한 사장을 쥐고 구양경이 매섭게 눈을 빛내고 있었다.

"역시 여기에 있었군. 클클."

53장
천마 대 서독황

뇌옥에 가둬둔 수감자를 만나고 나온 서독황 구양경.

그를 잡아서 강도 높은 고문을 강행했지만 끝끝내 입을 열지 않았다.

마교에서 왔다는 그자와 연관성이 있을지도 모른다는 생각에 계속 추궁했지만 소용없었다.

오히려 동료가 왔을지 모른다는 정보만 넘겨준 꼴이 되어버렸다.

화가 머리끝까지 난 구양경은 그를 죽여 버릴까 고민하다가 생각을 바꾸었다.

'제 놈 입으로 밝힐 수 없다면 유인책이 답이지. 클클.'

일말의 정보를 풀어서 반응을 살펴봐야겠다고 생각한 그는 사군자를 찾았다.

그러나 접객당을 아무리 돌아다녀도 네 명의 기척을 느낄 수가 없었다.

'아니, 감시를 하라고 보냈더니 대체 어디로 사라진 거야?'

이곳 백타산장의 사람 중에서 그를 두려워하지 않는 자는 아무도 없었다.

명을 내린 게 고작 몇 시진 전의 일이다.

그러다 혹시 하는 마음에 접객당의 천장에 올라간 구양경은 목이 잘린 그들의 시신을 찾을 수 있었다.

'일수에 목을 베었다. 상상을 초월하는 검의 고수로군.'

자신의 수하가 죽은 것보다도 더 놀라운 것은 목이 베인 단면에서 흘러나오는 예기였다.

검으로 이 정도 경지에 오른 자는 무림에서도 손에 꼽힌다.

현재 백타산장을 찾아온 손님 중에서 유일하게 검을 가진 자는 그 마교인 뿐이었다.

'감시하는 자들을 전부 죽이고 당가의 아가씨에게 독을 하독한 이유가 이걸 노린 것이었구나.'

구양경은 이제야 모든 아귀가 맞아들어 간다고 판단했다.

마교인이라 밝힌 그자가 뇌옥에 가둬둔 수감자와 관련이

있기 때문에 이런 수를 벌인 것이다.

그렇게 결론 지은 구양경은 곧장 마교인의 객실을 찾았다.

예상대로 객실에는 아무도 없었다.

구양경은 그대로 곧장 산장의 뒤편에 자리한 뇌옥이 있는 건물로 향했다.

뇌옥 입구를 경비하고 있는 여자 무사들이 하나같이 점혈되어 잠들어 있었다.

'잡았다, 이놈!'

다른 누구도 아닌 서무림의 공포라 불리는 자신에게 이런 꼼수를 부렸으니 편안하게 죽일 생각은 눈곱만큼도 없었다.

구양경은 그대로 뇌옥 안으로 경공을 펼쳐 들어갔다.

통로를 지나 공동에 도착하자 과연 수감자가 있는 뇌옥 안에 마교인이 있었다.

"역시 여기에 있었군. 클클."

구양경이 쥐고 있는 사장에서 보랏빛 기운이 뭉실뭉실 피어올랐다.

기세를 끌어 올린 것만으로 독기가 흘러나오는 것이다.

생각보다 빠르게 눈치채고 달려온 구양경을 바라보는 천마의 눈이 이채를 띠었다.

'멍청이는 아니었군. 늙은 여우 같으니.'

풍서오는 기세를 보아 대화는커녕 곧장 공격할 태세였다.

독에 있어서 정점에 오른 절대 고수와의 대결은 천마에게 있어서도 드문 일이었기에 그 눈빛에는 일말의 방심도 존재하지 않았다.

"클클, 이곳에서 무엇을 하고 있는 겐가, 마교를 사칭한 자여?"

"응?"

마교를 사칭했다는 말에 천마의 눈썹이 치켜 올라갔다.

아무래도 구양경은 오해를 한 모양이다.

"모른 척 시치미를 뗄 생각이더냐?"

구양경의 일갈에 실린 진기에 공동 전체가 쩌렁쩌렁 울리며 강하게 귀를 자극했다.

한 줌의 내공도 남아 있지 않은 혈교인에게는 치명적이리라.

"끄아아아악!"

과연 양쪽 귓구멍에서 피가 흘러나오며 혈교인이 고통스러운 비명을 내질렀다.

천마는 시끄럽다는 표정으로 혈교인의 혈도를 점해 잠들게 만들었다.

"그래도 제 동료는 끔찍이 위하는구나! 클클!"

"미친놈. 동료 좋아하시네."

"뭣?"

시정잡배와 같은 말투는 상대를 자극하기 딱 좋았다.

어이없다는 듯이 귓구멍을 새끼손가락으로 후비는 천마의 행동에 구양경의 눈썹이 꿈틀거렸다.

다른 누구도 아닌 서독황이라 불리는 자신의 앞에서 태연해하는 모습에 노기가 치솟았다.

"흥! 입처럼 실력도 뒤따르나 봐볼까?"

자초지종 따윈 필요 없었다.

제압해서 억류시킨 뒤에 물어봐도 될 것이다.

구양경의 신형이 번개처럼 뻗어 나와 천마를 양해 사장을 휘둘렀다.

독기가 넘실거리는 보랏빛 진기를 머금은 사장의 일수는 치명적일 만큼 위험했다.

'강한 독기로군.'

맨손으로 막기에는 위험한 공격이었다.

천마가 손을 휘젓자 뇌옥을 가리고 있던 철장이 구겨지며 창살을 만들어내 구양경의 앞을 가로막았다.

"이딴 걸로 막을 수 있을 것 같으냐!"

쩌쩡!

사장이 철장과 부딪치자 놀랍게도 철장이 일그러지더니 이내 녹아내렸다.

한철로 만들어진 철장이 강한 독기에 녹아내릴 정도의 위력을 가졌으니 정면으로 부딪치면 얼마나 위험할지 알 수 있었다.

"어디 실력이나 보자꾸나!"

철장을 뚫고 들어온 구양경은 이번에는 사장이 아닌 일장을 날렸다.

독기가 담겨 있지 않은 일장은 마치 천마의 실력을 가늠해 보려는 듯했다.

천마 역시도 이에 응해 일장을 날렸다.

"헛?"

그러나 그것은 허초였다.

손바닥으로 장법을 펼치는 것 같았지만 천마는 검지로 바꿔서 검기를 일으켰다.

날카로운 예기의 검기가 찔러오자 구양경은 오른손에 들고 있던 사장을 휘둘러 그것을 막아냈다.

까깡!

겉보기에는 나무 재질처럼 보였으나 사장은 한철로 만든 지팡이였다.

고수들 간의 대결에서 일장을 겨룸으로써 서로의 실력을 가늠하거나 공력 대결로 치닫는 경우가 많았지만 구양경은 아니었다.

"네놈의 수작에 넘어갈 것 같으냐?"

사장이 아니더라도 독인이나 마찬가지인 구양경이었다.

일장을 겨루는 상태에서도 곧장 독기를 활성화해서 상대에게 독장을 가할 수 있었다.

'큭, 경험이 많은 놈이로구나.'

천마의 예상대로 구양경의 속셈은 그것을 노린 것이었다.

하지만 넘어오지 않으니 실력으로 밀어붙일 수밖에 없었다.

"흥! 이 좁은 곳에서 네놈이 어찌 버티나 보자!"

뇌옥 안은 워낙 좁았기 때문에 어떤 식으로든 금방 제압할 지 신이 있는 구양경이었다.

그러나 구양경이 모르는 한 가지가 있었다.

아직까지 천마가 기세를 드러내지 않았기에 그 실력을 제대로 파악하지 못했다는 점이다.

"멍청하긴."

"뭣?"

촤촤촤촤촹!

천마가 검지를 들어 휘젓자 구양경의 뒤편에 있던 뇌옥의 창살이 전부 잘려 나갔다.

막혀 있던 퇴로가 만들어진 셈이다.

"좁은 게 어쨌다고?"

그제야 구양경의 눈빛이 이채를 띠었다.

한철로 만들어진 창살을 단순히 무형의 검기만으로 없앨

정도면 적어도 화경 이상의 고수임을 의미했다.

"네놈, 그저 평범한 놈이 아니구나?"

구양경의 입꼬리가 올라갔다.

먹잇감을 발견한 맹수의 표정이다.

아무리 절대 고수라고 해도 알지 못하는 자에 대한 경계심이라는 것이 존재한다.

그러나 그의 얼굴에선 오만함과 더불어 전의가 피어올랐다.

'재밌군.'

그동안 봐온 두 명의 오황에게서 느껴본 적 없는 순도 높은 전의에 천마 역시도 흥미가 생겨났다.

천 년 전에 겨룬 백타산장 구양 일가의 고수들은 어떠한 무인보다도 격렬하고 무(武)에 있어서 치열한 일족이었다.

"오황 이외에도 본 장주를 즐겁게 해줄 자가 있었다니 아주 기대가 크구나!"

구양경의 사장에서 뭉실거리던 보랏빛 독기가 응어리지더니 이내 강기의 형태를 이뤘다.

중원무림에서 유일하게 서독황 구양경만이 가능한 독강(毒强)이다.

퍼져 나오는 독기의 수준이 방금 전과는 비교도 되지 않을 만큼 강해졌다.

푸스스스!

뇌옥 내의 공동 벽을 비롯해 철장이 녹아들 정도의 독기에 천마가 호신강기를 펼쳤다.

불행하게도 양팔이 족쇄에 걸려 혈도가 점해진 혈교인은 그 독기를 그대로 맞고 말았다.

푸치치치!

어찌나 그 독기가 강했는지 혈교인의 몸이 부식되더니 근육에서 핏줄, 심지어 뼈가 드러나며 녹아내렸다.

'이런……'

혈교인이 독기에 부식되어 죽고 말았는데도 구양경의 기세는 멈추지 않았다.

기세를 한껏 끌어 올린 구양경은 보랏빛 독강을 두른 사장으로 절묘한 초식을 펼쳤다.

사장이 여러 각도에서 기이하게 천마를 향해 쇄도해 왔다.

챙!

천마는 허리춤에 있던 검집에서 현천검을 출초시켰다.

현천검이 뽑혀 나오자 사방을 잠식하던 독기를 배척하는 듯 강렬한 마기를 내뿜으며 그 위용을 드러냈다.

채채채챙!

천마가 현천검으로 검초를 펼쳐 구양경의 사장을 막아냈다.

두 사람이 일 초를 겨룬 여파가 가히 상상을 초월했다.

공동 전체가 뒤흔들리며 벽면이 갈라져 언제 무너져도 이상하지 않을 상황이 되어버렸다.

이 위력의 여파는 공동 내에서만 일어난 것이 아니었다.

쿠르르르르!

백타산의 바위 산봉우리가 떨리며 백타산장 내로 그 진동이 퍼져 나갔다.

이에 놀란 백타산장의 고용인들과 무사들이 소리를 지르며 산장 밖으로 뛰쳐나왔다.

지진처럼 흔들리는 건물에 놀라서 나온 것은 당가의 사람들도 마찬가지였다.

"이, 이게 무슨 일이지?"

바위산에 걸쳐진 백타산장 전체가 지진이라도 난 것처럼 떨려왔는데, 그 진원지로 다가갈수록 진동이 더 심해졌다.

백타산장 내에 있는 사람들은 대개가 기본적인 무공을 익혔다.

처음에는 지진으로 생각했지만 건물 밖으로 나온 순간 그들은 모두 같은 생각을 할 수밖에 없었다.

"저기서 대체 무슨 일이 벌어지는 거지?"

백타산장 전체로 진동이 울렸지만 가장 심한 곳은 산봉우리에 붙어 있는 작은 건물이었다.

건물의 지붕이 떨어져 나가고 건물 벽 전체로 금이 갈 만큼 심하게 흔들렸다.

웅성웅성!

모두가 영문을 몰라서 혼란스러워하는 순간이었다.

쾅!

건물이 부서지면서 보랏빛 독기를 머금은 독강이 하늘 위로 치솟았다.

부서진 건물들이 역한 냄새와 연기를 내뿜으며 부식될 만큼 강렬한 독기에 모두가 혼비백산해 물러났다.

"이건 아버님의 독강?"

다른 사람들과 마찬가지로 뇌옥 건물 앞에 와 있던 구양우가 놀라서 중얼거렸다.

어릴 적부터 구양경에게 무공을 전수받은 그였기에 보랏빛 독강이 누구의 기운인지는 누구보다도 잘 알고 있었다.

'아버님이 독강까지 쓰다니?'

구양우가 알기로 구양경이 독강을 펼친 것은 손가락에 꼽을 정도였다.

그 대표적인 예가 전대 오황들끼리 모여서 천하제일을 겨룬 시기였다.

그런데 그런 아버지가 독강까지 펼치면서 전력을 다하고 있는 상대가 누구란 말인가?

콰콰콰쾅!

이윽고 날카로운 검강이 부서져 가는 뇌옥 건물 안에서 뿜어져 나오며 백타산장의 한복판을 갈라 버렸다.

"꺄아아아아아악!"

비명 소리가 백타산장 곳곳에서 울려 퍼졌다.

미처 그 위력을 피하지 못한 구양가의 고용인들 일부가 검강에 휩쓸려 팔다리가 잘려 나갔다.

그때 무너지려는 뇌옥 건물을 뚫고 두 인영이 튀어나왔다.

그들은 바로 천마와 서독황 구양경이었다.

주르르륵!

강렬한 독기에 백색 장포는 다 녹아 있었고 얼굴의 혈색이 보랏빛을 띠는 것을 보아 천마의 상태가 썩 좋아 보이지 않았다.

마찬가지로 서독황 구양경 역시도 얼굴을 비롯한 온몸이 날카로운 상흔으로 가득했다.

"세상에……!"

이를 지켜보는 백타산장 내 모든 사람들의 얼굴이 경악으로 물들었다.

가장 놀란 것은 사월방의 방주인 오균이었다.

"저, 정말… 괴물이었구나."

혹시나 하는 기대는 했지만 저 젊은 마교인은 정말로 오황의 일인인 서독황에 버금가는 실력자였던 것이다.

그렇다는 것은 저자 또한 구양경과 마찬가지로 무공에 있어서 지고의 경지라 불리는 현경의 고수라는 말이었다.

이십여 년 전.

중원무림에서 최고라 불리는 다섯 무인이 한자리에 모였다.

무공을 연마하는 무인으로서 일인자라는 칭호를 바라지 않는 자는 없을 것이다.

그렇게 모인 다섯 무인을 무림인들은 오황이라고 불렀다.

칠 일 밤낮 무공을 겨루며 천하제일을 다투는 사리에서 가장 큰 희생을 한 자가 바로 서독황 구양경이었다.

가장 위험한 무공인 독공을 연마했다는 이유로 합공을 당하다시피 했지만 그는 칠 일 밤낮을 겨루며 그들과 동등하게 싸웠다.

서독황 구양경의 경이로운 실력은 실로 천하제일이라고 해도 과언이 아닐 정도였다.

그때 그 사건이 벌어지지 않았다면 무림의 천하제일의 칭호는 구양경이 가져갔을 것이라는 의견도 분분했다.

팍!

천마가 독기에 부식된 백색 장포의 남은 옷자락을 벗어 던졌다.

오신강기로 봄을 보호했지만 직접적인 독기 공격보다도 어느 순간 공동 전체에 차오른 독기의 영향을 받을 수밖에 없었다.

"하아~"

천마가 현천신공을 끌어 올려 운기하자 그의 살갗을 파고들려 하는 보랏빛 독기의 여파가 아지랑이처럼 피어올랐다.

독기가 전부 빠져나가자 이내 천마의 얼굴빛이 원래대로 돌아왔다.

'지독한 독기로군.'

과거에 기억하던 구양가와는 비교도 되지 않을 만큼 강해졌다.

만독불침이나 마찬가지인 천마의 육신에 독기가 파고들려 할 정도라면 어지간한 고수들은 독기에 무력을 상실하고 말 것이다.

'서역으로 오길 잘했군. 크큭.'

현 무림에 부활하게 된 천마는 다른 오황들과 겨루면서 천년 전의 검선이나 혈마와 같은 긴장감을 느껴본 적이 없었다.

그런데 독을 기로써 유형화시키고 심지어는 독강을 형성해서 압도적인 공격을 퍼붓는 구양경의 무위에 오랜만에 전의가 불타올랐다.

이런 기분을 느끼는 것은 비단 천마만이 아니었다.

'클클, 이게 정말 얼마만인가.'

강한 힘을 지닌 자는 그것을 해소하고픈 욕구를 가지게 마련이다.

최고의 경지에 오르면서 자신의 전력을 다해서 부딪칠 수 있는 상대를 만나기는 정말 요원한 일이었다.

천하제일을 다투던 그날 이후로 누구도 구양경에게 도전한 자가 없었다.

독공을 다루는 그와 겨뤄서 자칫 무공을 잃거나 독에 중독되어 원기가 손실될 것을 염려한 탓이었다.

그런데 오래만에 적수가 나타났다.

덕분에 서독황 구양경의 전의는 최고조에 달했다.

"어디 다시 한 번 해보실까!"

구양경이 사장을 크게 휘두르자 공동 내에서와는 비교도 되지 않는 거대한 보랏빛 독강이 천마를 향해 쇄도했다.

한정적인 공간인 공동 내에서는 전력을 다하면 무너질 수도 있어서 어느 정도 힘을 제한했지만 이제는 아니었다.

좌악!

하지만 그저 위력적인 공격은 천마에게 의미가 없었다.

천마가 현천검을 일직선으로 긋자 보랏빛 독강이 둘로 갈라져 애꿎은 산장 내의 건물들에 직격하고 말았다.

콰쾅!

독강이 낳은 건물들은 부서짐과 동시에 그대로 녹아내렸다.

독기가 워낙 강해서 근처에만 있어도 중독될 것 같았는지 모두가 혼비백산하여 뛰어다니며 그 여파를 피했다.

이를 의식했는지 구양경이 천마에게 바위산의 위쪽을 가리키며 말했다.

"장소를 옮기도록 하지."

절대 고수들의 대결이 주위에 미치는 여파는 상상을 초월한다.

강기가 스치기만 해도 주위를 초토화시키기 때문에 그들이 백타산장 내에서 겨룬다면 장원 전체가 부서지는 것은 시간문제였다.

"내 알 바 아닌데."

"크윽!"

천마의 퉁명스러운 말에 구양경이 당혹스러운 표정으로 혀를 내둘렀다.

구양경의 세력권이 초토화되든 말든 천마에게는 전혀 상관없는 일이기는 했다.

생각보다 강하게 나오자 구양경은 방법을 바꾸었다.

"흥! 그렇다면 이것도 막을 수 있나 보지!"

구양경의 신형이 빠르게 천마를 향해 파고들며 사장에 독강을 응집시켜 그에게 휘둘렀다.

천마가 이를 현천검으로 막아냈지만 워낙 강한 공력으로

밀어붙이다 보니 공중에서 뒤로 밀려났다.

이를 놓칠세라 구양경이 연달아 초식을 펼쳤다.

까가가가강!

두 절대 고수가 초식을 부딪치는 것만으로도 그 진기의 여파는 강했다.

산장 내의 고용인들이 귀를 막고 쓰러지고 난리도 아니었다.

틈을 주지 않고 절초를 펼치던 구양경이 아주 근접해 있는 상황에서 순식간에 두꺼비처럼 몸을 움츠리더니 폭발석인 역량의 일장을 펼쳤다.

"헛?"

그것은 약식 합마공이었다.

내가무공에서 최고의 파괴력을 지닌 합마공의 유일한 약점이 진기를 모으는 시간이 필요한 것인데 그것을 최대한 단축시킨 것이 약식 합마공이다.

운기 시간을 대폭 줄이다 보니 원래의 진식 합마공보다는 위력이 낮았지만 절대로 무시할 수 있는 수준은 아니었다.

깡!

워낙 가까운 거리에서 펼치는 합마공이었기에 피할 수 없던 천마는 현천검의 검면을 방패 삼아 합마공을 막아냈다.

무웅!

그와 동시에 합마공의 엄청난 장력에 천마의 신형이 뒤로 밀려나다 못해 허공에 떠올랐다.

'이런 약은 수를!'

이것은 구양경의 노림수였다.

구양경은 일장에 더욱 공력을 가해 천마를 더욱 밀어붙였다.

덕분에 둘의 신형은 자연스레 백타산장을 벗어나 백타산 바위 봉우리로 향했다.

두 사람이 공수를 나누는 것만으로도 산봉우리 전체가 지진이라도 난 것처럼 굉음과 진동으로 가득했다.

"천외천이라고 하더니 정말 대단하지 않습니까, 아가씨?"

당가의 외당주 관서가 감탄을 금치 못하며 당유미에게 말했다.

그러나 당유미의 시선은 오히려 구양경보다도 그를 상대하는 천마에게 가 있었다.

고작 약관을 넘긴 듯 보였는데 당대 최고의 고수라 불리는 서독황 구양경과 맞먹을 정도라면 세월이 흐른다면 진정한 차기 천하제일인이 아닌가.

'아아, 정말 멋지다.'

여느 무림의 여인이라도 이를 동경하지 않을 수 없을 것이다.

그러는 한편 백타산장의 동편 건물 처마 밑에서 천마와 구양경의 대결을 심각한 눈빛으로 지켜보는 이가 있었다.

'서독황이 저 정도로 강하다니 정말 놀랍구나.'

그림자에 가려진 이 정체불명의 인영은 이곳 백타산장의 인물이 아니었다.

이곳에 몰래 잠입한 자였는데 우연히 그들의 대결을 지켜보며 연신 놀라움을 감추지 못했다.

구양경의 저력을 과소평가했는데 막상 그의 힘을 눈으로 확인하고 나니 계획을 변경해야 할지도 모른다는 생각이 들었다.

'어쩌면 어부지리를 취할 수 있을지도 모르겠군.'

저 정도로 강한 두 절대 고수가 붙었다면 승자가 누구이든 원기를 소진할 것이 틀림없었다.

그때를 노린다면 좋은 결과를 얻을 수 있을 것이다.

"흐흐흐."

이를 생각하니 흡족한지 정체불명의 인영의 눈매가 섬뜩한 느낌의 반달 모양이 되었다.

'그럼 준비해 보실까.'

처마 밑에 가려진 그림자에서 나오는 인영의 얼굴은 파란 가면으로 가려져 있었다.

놀라운 것은 파란 가면의 남자가 백타산장이 어수선한 틈을 노리고 들어왔다고는 하나 누구도 그의 존재를 의식하지 못했다는 것이다.

　사막의 뜨거운 열기로 가득한 백타산 봉우리의 정상.

　뜨겁게 달궈진 바위산은 사람이 발을 디디기에도 힘든 열기로 시야가 아지랑이로 휘어져 보일 정도였다.

　그런 바위산의 정상에서 치열한 공방이 벌어지고 있었다.

　천마는 진심으로 구양경의 무위에 감탄하지 않을 수 없었다.

　이 정도 실력이라면 과거 천 년 전의 혈마와 비교해도 손색이 없었다.

　콰콰콰쾅!

　구양경의 사장에서 뻗어 나온 보랏빛 독강은 파괴의 화신과도 같았다.

　독강에 닿은 바위산은 강기가 닿은 그 즉시 부식되어 녹아내려 원래의 형태를 잃고 말았다.

　만약 백타산장 내에서 계속 대결을 했다면 그곳은 죽음의 대지가 되었을 것이다.

　'독공을 익힌 녀석이 현경의 극에 오르다니 대단하군.'

　구양경과 겨루면서 천마는 그의 경지가 어느 정도인지 가늠할 수 있었다.

어째서 같은 오황으로 불리고 있는지는 모르겠지만 현 중원무림에서 최강자로 보아도 무방했다.

"클클, 쥐새끼처럼 피하는 것이냐?"

주체하지 못하던 힘을 마음껏 펼칠 수 있게 되자 구양경은 신이 나 있었다.

현천검에 강기를 실어서 부드러운 유(柔)의 검초로 독강을 흘렸지만 그 독기가 강해서 호신강기를 계속해서 침투했다.

"그런 식으로 본 장주를 이길 수 있을 성싶으냐!"

구양경이 허공에서 천마가 피할 수 없게 짓누르듯이 설초를 펼쳤다.

사장을 휘두르자 보랏빛 독강이 하늘을 가득 메우며 장대비처럼 쏟아져 내리는 것이 그야말로 장관이었다.

"기고만장하는군."

허공에서 절초를 펼치는 와중이었지만 그 입 모양이 구양경의 눈에 선명히 들어왔다.

그 순간 천마의 현천검이 검은 빛을 발하더니 허공을 향해 검은 강기가 유성처럼 하늘로 솟구쳤다.

콰콰콰콰쾅!

"아니, 내 독강을 뚫다니?"

장대비처럼 내리꽂던 보랏빛 독강을 꿰뚫은 검은 강기가 구양경에게 식석했다.

그것은 천마의 현천강기로 펼치는 현천검법의 절초 중 하나인 유성파검(流星破劍)이었다.

'이, 이건 맞서서는 안 된다.'

구양경은 본능적으로 현천강기의 위험을 알아챘다.

놀라운 신법으로 구양경이 공중에서 몸을 틀어 유성파검의 공격 범위에서 아슬아슬하게 벗어났다.

탁!

구양경의 신형이 부드럽게 산봉우리에 안착했다.

지금까지 구양경과 겨루면서 천마는 마음이 가는 대로 검초를 펼쳤으나 처음으로 마교의 교주로 있던 시절에 창안한 현천검법을 펼쳤다.

전의로 가득 차 있던 구양경의 눈빛에 이채가 서렸다.

"방금 전의 그 초식… 현천검법이 아닌가?"

"갑자기 공격을 멈춘 게 검법을 알아봐서였나?"

"마교인이 아니라고 생각했는데, 아니, 교주 직계일 줄은 몰랐는데."

현천검법은 마교의 일반 교인들이 익힐 수 있는 무공이 아니었다.

역대 교주들만이 익힐 수 있는 절세검법이었다.

구양경은 전대 오황이던 마교의 태상교주 천여극과 천하제일을 다투는 자리에서 겨뤄봤기에 현천검법을 알아보지 못할 수가 없었다.

단지 다른 점이 있다면 심연과도 같은 검은 빛을 내뿜는 현천강기였다.

"마교의 사람이 아니라고 생각했는데 어째서 정체를 밝히지 않은 건가?"

구양경은 이때까지 천마가 마교를 사칭하는 자라고 오해했다.

적어도 마교의 교주 직계라면 무조건 싸우기보다는 대화를 할 여지가 있었다.

아무리 구양경이 오황의 일인이라고 해도 검문과 척을 지는 상황에서 마교마저도 적대 관계를 형성할 순 없는 노릇이었다.

"다짜고짜 덤벼놓고 마교의 사람이라고 하니 싸움을 끝낼 작정이냐? 웃기는 놈이로군."

한 번 시작했으면 끝을 내야 하는 것이 천마였다.

승부를 내지도 않았는데 상대가 전의를 거둬들이자 이해할 수 없었다.

"서로 오해가 있다면 그것을 풀어야 하지 않겠소? 클클."

손사래를 치며 능글맞게 웃는 구양경은 어느새 물씬 풍기던 보랏빛 독기마저 갈무리했다.

여전히 전의를 불태우는 천마와 달리 구양경은 이미 싸울

의지가 없어 보였다.

"귀하가 마교인이 분명하다면 우리가 생사를 걸고 대결할 이유가 없네. 서로 우호적인 관계이지 않나?"

"흥! 재미없는 녀석이었군."

천마가 콧방귀를 뀌며 검집으로 현천검을 집어넣었다.

억지로 싸움을 재개할 수도 있었지만 전의가 없는 자를 상대로는 흥미가 떨어졌다.

"자, 그럼 본 장으로 돌아가서 서로의 오해를 푸는 게 어떻겠소? 클클."

"쯧."

흐지부지하게 싸움이 끝났지만 천마 역시도 구양경에게 물어볼 것이 많았다.

그렇게 백타산장으로 다시 돌아가려는 찰나였다.

그때 산봉우리 위로 누군가가 뛰어난 경공을 펼치며 모습을 드러냈다.

"오래 기다릴 줄 알았는데 대결이 이렇게 싱겁게 끝나다니 귀하의 승리를… 어?"

산봉우리 위로 나타난 정체불명의 남자는 파란 가면에 백색 장포를 두른 자였다.

밝은 대낮임에도 불구하고 가면의 틈으로 붉은 안광이 뚜렷이 보였다.

"아……!"

그런데 득의양양하게 나타난 파란 가면의 남자는 예상과는 전혀 다른 결과에 당혹감을 감추지 못했다.

'이, 이게 어떻게 된 일이야?'

백타산의 산봉우리 밑에서 대결이 끝나길 기다리던 파란 가면의 남자였다.

워낙 격하게 싸웠기에 그 기의 여파가 밑에서도 느껴졌다.

그러던 중에 서독황의 기운이 사라지면서 대결이 끝났다고 짐작한 그는 계획한 어부지리를 취하기 위해 모습을 드러낸 것이다.

그러나,

"호오, 이거 생각지 못한 월척인데?"

천마를 비롯한 구양경이 멀쩡하다 못해서 날카롭게 날이 선 눈빛으로 그를 바라보고 있었다.

'젠장…….'

수치스러울 정도의 낭패였다.

54장
습격받은 백타산장

혈교에는 교를 지탱하는 세 기둥이라 불리는 삼혈로가 있다.

혈교에서 가장 뛰어난 세 종파의 수장인 삼혈로에서 암계와 독수로 유명한 것이 바로 서열 이 위인 이석이었다.

파란 가면의 남자 이석은 최근에 있던 혈교대전에서 결정된 명을 이행하기 위해 이곳 서역으로 왔다.

"때가 되었다. 제삼계를 실시한다."

서무림의 공포이자 패자인 서독황을 포섭하거나 그것이 힘들 경우 그를 죽여 육신을 얻는 것이 최종 목표였다.

그러나 공교로운 일이 벌어지고 말았다.

이석이 백타산에 도착했을 때 이미 구양경은 누군가와 치열한 접전을 벌이고 있었다.

암계에 능한 이석은 이 상황이 어부지리를 취할 수 있는 기회라고 판단했다.

절대 고수들 간의 대결은 둘 중 한 명이 승리해도 원기가 크게 손상될 수밖에 없다.

이석의 노림수는 바로 그것이었지만 예상치 못한 일이 발생했다.

'젠장……'

서로를 죽일 것같이 전력으로 싸우던 두 사람이 대결을 멈출 거라고는 상상도 하지 못했다.

'왜 갑자기 싸움을 중단한 거지?'

망신도 이런 망신이 있을 수가 없었다.

대사도 미리 생각해서 남은 한 사람을 처리하려 했는데 말이다.

하지만 이미 한 차례 싸운 탓에 겉보기에 상처가 많은 것이 원기를 일부 소진했을 가능성도 없진 않았다.

파란 가면 틈으로 보이는 붉은 안광.

천마의 머릿속에 절곡에서의 일이 스치고 지나갔다.

'그때 그 가면과 비슷하군.'

천 년 전 혈교의 삼혈로라 불리던 하얀 가면의 여자와 동일하게 생긴 모양의 가면이었다.

다른 것이 있다면 색이 파랗다는 점이다.

"클클, 생각지도 못한 상황이었네그려. 이거 본 장주와 귀교가 싸우길 아주 노렸다는 듯이 말이야."

쿵!

구양경이 사장의 지팡이 끝을 봉우리 바닥에 내려찍자 보랏빛 기운이 하늘하늘 올라왔다.

원기이 손실은키'잉 그 기세가 조금 선과 다를 바가 없었다.

파란 가면의 이석의 머릿속이 복잡해졌다.

'최악의 상황이군.'

조금 전에 본 구양경의 실력이라면 그 혼자를 상대하는 것도 꽤 성가신 일이었다.

그런데 그와 비교해도 손색이 없는 고수가 한 사람이 더 있다면 원래의 계획을 달성하기 힘들어진다.

"어이!"

"응?"

이석이 잠시 고민하는 사이 어느새 천마의 신형이 코앞으로 다가왔다.

미처 방비하지 못했다고 하지만 쉽게 당할 이석이 아니었다.

천마의 검지가 쾌속하게 그의 가면을 가르려 했지만 속사포와 같은 권초를 펼치며 검기를 막아냈다.

까가가강!

이석의 검붉게 물든 주먹은 마치 쇳덩어리와도 같았다.

천마의 검기를 가볍게 막아낸 이 권법은 이석이 자랑하는 두 절기 중 하나인 적마철권(赤魔鐵拳)이었다.

"본좌를 속였다고 우습게보았군. 하압!"

이석이 두 주먹을 교차하듯이 반격을 가하자 두 개의 검붉은 검강이 일직선으로 뻗어 나갔다.

마치 소림의 백보신권을 두 사람이 펼치는 것과 같은 위력이었다.

"음?"

콰앙!

바로 앞에서 직격해 오는 권강을 천마가 오른손 주먹에 강기를 일으켜 쳐냈다.

적마철권의 권강에 실린 무게감이 묵직했으나, 천마의 오른팔은 북호투황의 투호권강을 일으킬 수 있는 무구와도 같았다.

'본좌의 권강을 쳐내?'

바로 정면에서 권강을 막자 파란 가면의 이석의 눈이 이채를 띠었다.

부활하고 나서 그의 강기를 막아낸 자는 십몇 년 전에 상해에서 겨룬 그 남자 이후로 이번이 두 번째였다.

"오랜만에 보는군, 적마철권."

"뭐?"

천마의 말에 파란 가면 속의 이석의 눈빛이 흔들렸다.

그의 권법인 적마철권은 천 년 전에 혈교가 멸한 이후로 사장된 무공이었다.

그런 자신의 권법을 알아봤으니 당혹스럽지 않을 수가 없었다.

"네놈, 정체가 뭐냐?"

"애, 놀랐니? 혈교의 그 뭣이너라? 하노 오래되니 헷갈리네."

이죽거리는 천마의 말투에 이석의 두 눈이 커졌다.

"이놈, 우리의 존재를 알고 있는 자였군."

혹시나 했는데 정말로 혈교를 알고 있었다.

혈교가 아직까지 현 무림에 모습을 드러내지 않았는데 알고 있다면 분명 자신들과 어떠한 밀접한 관련이 있는 자였다.

가령 '그자'와 관련된 자일지도 몰랐다.

그러나 이석이 뭔가를 물어보기도 전에 허공에서 내려치는 보랏빛 독강에 신형을 피해야만 했다.

콰아앙! 부스스스스!

사장에 실린 보랏빛 독강이 닿은 바닥이 매캐한 연기와 함께 녹아내렸다.

멀리서 지켜보긴 했지만 그 위력이 상상 이상이었다.

이석은 다급한 목소리로 손사래를 치며 구양경에게 물러서길 권고했다.

"잠깐, 서독황 그대와 얘기를 나누기 전에 먼저 저자와⋯⋯."

그의 말이 끝나기도 전에 구양경의 사장이 뱀처럼 파고들며 그를 노렸다.

"무슨 잡소리를 하는 게야? 클클! 본좌의 손아귀에 들어온 이상 네놈을 놓아줄 것 같으냐!"

이미 이석의 가면 틈새로 보이는 붉은 동공을 보며 뇌옥에 갇혀 있던 수감자와 일행이라고 확신한 구양경이었다.

그리고 대놓고 어부지리를 취하려 한 놈을 무슨 수로 믿겠는가.

"크윽!"

예측하지 못한 최악의 상황이 발생했다.

현경의 고수 두 명이 합공하게 된다면 그라고 해도 어찌할 방도가 없었다.

구양경의 사장은 그가 생각지 못한 방향에서 기묘한 각도로 파고들며 요혈을 노려왔다.

'이래서 설득을 못한 건가.'

몇 차례 구양경을 혈교의 휘하로 거둬들이기 위해 부활자들을 파견했다.

그들 모두가 상당한 실력자들이었는데도 백타산장으로 간 후로는 소식이 끊겼다.

실제로 손을 섞어보니 예상을 뛰어넘는 무위였다.

그나마 다행인 것은 두 사람이 합공을 하진 않았다. 구양경이 끼어든 후로는 천마는 날카로운 눈으로 지켜만 볼 뿐이었다.

'아낄 상황이 아니군. 칫!'

챙!

파란 가면의 이석이 등에 차고 있던 검집에서 검을 뽑았다.

붉은 검신에 뱀이 문양이 그려진 보검이었다.

"제대로 해보려는 게냐? 클클!"

구양경의 말에 이석이 아무 대답도 하지 않고 내공을 끌어올렸다. 그러자 사악하면서도 섬뜩한 붉은 혈마기가 이석의 등 뒤로 뭉실거리더니 이내 보검에서 붉은 검강이 치솟았다.

'정말 사악한 기운이로다.'

구양경 역시도 무림을 활보하던 시절에 사파의 고수들부터 수많은 무림인을 만났지만 이런 사악한 기운은 처음이었다.

천마 역시도 의외라는 눈빛으로 기세를 끌어 올린 이석을 바라보았다.

'흠, 예전과 다른 사람 같군.'

이 정도 기세라면 과거의 혈마에 버금가거나 오히려 상회하다고 봐도 무방했다.

당시 삼혈로라 불리던 혈교의 세 기둥의 실력은 화경의 경지였다. 그런데 절곡에서 본 삼석이라는 하얀 가면의 계집도 현경의 경지였지만 저 파란 가면 놈의 실력은 현경의 극에 가까웠다.

'부활해서 그저 허송세월을 한 건 아니라는 건가? 크큭.'

그때 이석이 갑자기 허공을 향해 검을 들어 올렸다.

그러고는 하늘 위로 붉은 검강을 날렸다.

이석의 검끝에서 발한 붉은 검강이 하늘을 가로질러 올라가는 것을 보며 구양경이 이해할 수 없다는 투로 물었다.

"이게 무슨 속셈인가?"

"흐흐, 본좌가 아무런 준비도 없이 이곳에 왔을 것 같소?"

알 수 없는 이석의 말에 구양경이 의아한 표정을 지었다.

어째서 하늘 위로 검강을 쏘았는지 정확한 이유는 알 수 없었지만 분명 무슨 신호와도 같은 행동 같았다.

설사 그것이 아군을 부르는 신호라고 해도 구양경은 오황인 자신과 버금가는 실력자인 천마가 있다면 충분히 적을 해결할 수 있다고 여겼다.

"클클, 그런다고 네놈이 이곳에서 무사히 벗어날 수 있을 것 같은가?"

"장담하겠소. 본좌는 상처 없이 아주 깔끔하게 이곳을 벗어날 것이오."

"흥! 기고만장하기는……."

꺄아아아아악!

그의 말이 끝나기도 전에 갑자기 산봉우리 아래에서 여자들의 비명 소리가 들려왔다.

그것은 바로 백타산의 산봉우리 중턱에 자리하고 있는 백타산장에서 들려오는 소리였다.

갑작스러운 비명 소리에 구양경의 동공이 흔들렸다.

"네놈, 설마……?"

"미리 말하지만 서두르지 않으면 산장 사람들 중에 남아 있는 사람이 없을 것이오."

으득!

"네 이노오옴!"

구양경이 크게 분노했는지 노한 얼굴로 일갈을 지르더니 이내 빠르게 경공을 펼쳐 산봉우리 밑으로 내려갔다.

시간을 끌기에는 산장 내의 비명 소리가 너무 선명하게 들려왔다. 대체 무슨 일이 벌어졌기에 고용인들과 여무사들이 비명을 지르는 것일까?

"이건 또 뭐야?"

구양경은 자신의 눈이 잘못되었나 순간 의심하고 말았다.

백타산장 내로 시체 썩은 내를 풍기며 수많은 수의 괴인이 산상 사람들을 습격해 온 것이다.

"꺄아아아악!"

"도, 도망쳐!"

붉게 물든 눈에 괴물같이 일그러진 얼굴의 괴인들이 덤벼드니 백타산장 내에 있던 여자 무사들은 공포에 질려 제대로 대응하지 못했다.

간혹 용기를 내서 검을 휘둘러 본 이들도 있었지만 괴인들은 검에 몸이 잘려도 제각각 살아 움직였다.

"이것들은 대체……?"

천하의 오황 중 일인인 구양경조차 놀라게 만든 이 괴인들의 정체는 바로 강시였다.

미친 듯이 백타산장의 여자 고용인들과 무사들을 물어뜯기위해 달려드는 강시들의 모습은 가히 충격적이었다.

"크윽! 대체 이 괴물들은 뭐예요?"

갑자기 나타난 괴물들에 곤욕을 겪고 있는 것은 비단 백타산장의 사람들 뿐만이 아니었다.

당가의 당유미 역시도 아무리 공격을 가해도 죽지 않는 괴물들에 당혹감을 감추지 못했다.

강시들은 닥치는 대로 달려들어 그들을 살점을 물어뜯으려했다.

쿵!

관서가 독기가 담긴 일권을 날려보았지만 소용없었다.

이 괴물들은 독에 중독되어도 아무렇지도 않게 달려들었다.

"아가씨, 아무래도 도망쳐야 할 것 같습니다."

관서의 말에 당유미 역시도 동의하는지 떨리는 눈빛으로 고개를 끄덕였다.

"사, 살려주세요!"

그때 한 여시종이 강시에게 물렸는지 피를 흘리며 다리를 절며 도움을 요청했다.

이를 발견한 당유미가 무심결에 그녀를 도와주려 했는데, 그 순간 여시종의 얼굴이 덜덜 떨디니 이내 피인들처럼 흉측하게 일그러졌다.

"크와아아아아!"

"흐헉!"

놀란 당유미가 재빨리 발차기를 날려 그녀를 밀어냈다.

발차기에 맞고 뒤로 넘어진 여시종은 짐승같이 울며 벌떡 일어나 재차 그녀를 덮쳐왔다.

그것을 관서가 끼어들어 막아냈다.

콰득!

그러나 방심하다가 관서가 팔이 물리고 말았다.

"외당주!"

"끄으으으으! 아, 아가씨! 어서 도망가십시오!"

사태의 심각성을 깨달은 당유미는 뒤도 돌아보지 않고 그대로 앞으로 내달렸다.

한편 산봉우리 위에는 구양경이 급히 산장으로 내려가면서
두 사람만의 시간을 가지게 된 천마와 파란 가면의 이석이 있
었다. 상황이 역전된 것에 득의양양한 이석이 자신감이 가득
한 목소리로 천마에게 말했다.

"이제 천천히 그대의 정체를 알아보실까? 흐흐!"

그런 이석을 바라보며 천마가 한심하다는 듯이 혀를 찼다.

"쯧쯧, 고작 네놈 따위가 설마 나와 독대라도 하면 상대가
될 거라 생각했나? 미친놈."

오만하다 못해 거친 천마의 말투에 가면 속의 이석의 얼굴
이 일그러졌다.

그런데 이상하게 이 건방진 말투를 어디서 들어본 것 같았다.

하나 아주 오래된 기억이라 생각은 나지 않았다.

"후우, 됐어. 어차피 네놈은 계획에 없던 자이니 죽여서 그
몸만 쓰면… 흐억!"

촤악!

그의 말이 끝나기도 전에 천마의 일검이 그의 목을 스치고
지나갔다.

전력으로 몸을 숙이지 않았다면 그대로 목이 베였을 것이다.

"비, 비겁하게 말을 하고 있는 도중에!"

"개소리 늘어놓지 말고 덤벼라."

우우우우웅!

천마의 손에 들려 있는 현천검이 그의 말에 호응하기라도 하듯 아지랑이처럼 검은 마기가 뭉실뭉실 피어올랐다.

현천검에서 피어오르는 마기를 바라보며 이석의 눈빛이 경악으로 물들었다.

"이, 이건 마기? 설마 네놈은?"

천 년 전, 무림의 삼대 세력은 현재의 무림처럼 성사마의 사상으로 나뉘는 체계가 아니었다.

검마혈(劍魔血)로 불리며 압도적인 무력으로 무림을 군림했다.

그런 검마혈의 세력 중에서도 무력과 세력을 전부 갖춘 일인자가 존재했으니 그가 바로 마교의 시조이자 마도의 종주인 천마였다.

지금에 와서 천마는 마도의 전설로 남아 있지만 그를 기억하는 적들의 머릿속에는 두려움으로 각인되어 있었다.

그의 끝없는 어둠은 심연과도 같았고, 그의 검은 죽음을 불러오는 공포였다.

혈교의 세 기둥이라 불리는 삼혈로의 이석은 아직도 죽기 전의 순간을 기억하고 있었다.

천마의 검초에 삼분오열이 되어 비참한 죽음을 맞이했다.

부들부들!

삼석에게 천마의 부활을 들을 때부터 그를 잠식하던 두려움이 다시 발끝부터 머리까지 차올랐다.

거칠면서 야성미를 자랑하던 원래의 천마와는 사뭇 다른 젊은 모습. 그러나 현천검을 타고 피어오르는 마기를 느끼는 순간 마치 천 년 전으로 돌아간 것만 같았다.

"처, 천마!"

"뭐야? 기억하고 있네?"

자신의 정체를 알아챈 이석을 바라보며 천마의 입꼬리가 차갑게 올라갔다.

굳이 설명하지 않아도 알아본다면 이야기는 빨랐다.

"혈옥수의 당연경도 부활했고… 적마독검(赤魔毒劍) 남명운 네놈도 부활했으니 확실하군. 그놈도 되살아났겠지?"

그놈이라는 말을 알아듣지 못할 리가 없었다.

천 년 전에도 그렇고 자신의 주군을 이놈 저놈으로 부르는 것은 오직 천마뿐이었다.

'저, 정말 천마가 맞구나.'

자신의 본명을 기억하는 천마의 말 속에서 그는 확신할 수 있었다.

그런데 한 가지 이상한 점이 있었다.

천마의 모습을 본다면 분명 자신들과 마찬가지로 부활한

것임이 틀림없는데 동공의 붉은 안광이 보이지 않았다.

그런 그의 의아함 따위는 개의치 않고 천마가 본론을 꺼냈다.

"뭐, 귀찮으니까 거두절미하고 말하지. 어차피 네놈들의 목적이야 뻔할 뻔 자고, 그놈 어디 있어?"

아무리 천마를 두려워하는 그였지만 주군에 대한 충성심은 맹목적이었다.

그의 주군에게 있어서 철천지원수인 그가 이놈 저놈하며 함부로 들먹이는 것에 화가 나지 않을 수가 없었다.

"천마, 주군을 함부로 거론하지 마라. 네놈이 아니었다면 이런 수고로움을 다시 겪을 필요도 없었을 텐데."

"그딴 건 알 바 아니고… 그놈 어디 있냐고?"

으득!

어이가 없어서 입술을 깨물고 말았다.

애초부터 본인의 관심사 외에는 남의 말을 듣지 않는 천마였다. 덕분에 방금 전까지 천 년 전의 죽음을 떠올리며 두려워하던 이석의 공포가 한결 가셨다.

"천마, 예전의 본좌로 생각하면 오산이다!"

쏴아아아아!

이석이 십 성 내공을 끌어 올리자 사악한 기운이 사방으로 퍼져 나가며 그의 전신에서 짙은 적색의 혈마기가 피어올랐다.

방금 전에 보인 것은 전력이 아님을 확인시켜 주기라도 하듯 전신의 기운을 해방시킨 이석의 기세는 서독황 구양경과 비교해도 손색이 없었다.

"본좌는 천 년 전과는 비교도 안 되게 강해졌다! 오늘 천마 네놈의 목을 베어서 주군의 근심을 덜어드리겠다!"

"말이 길다."

"뭐?"

촤아아악!

이석이 미처 반응하기도 전에 천마의 검이 다시 한 번 그의 목을 노렸다.

하지만 이미 만반의 준비를 하고 있던 이석이 검을 들어 올려 일격을 막아냈다.

챙!

검을 막은 것만이 끝이 아니었다.

막은 상태에서 그 힘을 이용해 천마의 검을 흘려내고 일권을 먹이려 했다.

하지만 이화접목의 수를 쓰려는 순간 검이 붙어서 떨어지지 않았다.

"착(着)?"

검을 붙여서 상대의 초식을 저지하는 기술이다.

검이 달라붙은 것에 당황한 이석이 반격을 포기하고 검을 떼어내기 위해 공력을 끌어 올리려는 순간 천마가 착을 풀더니 일권이 그의 가슴을 때렸다.

픽!

"크헉!"

이석의 몸이 포탄이라도 맞은 것처럼 뒤로 튕겨져 나갔다.

짧은 순간 혈마기를 가슴으로 모아 반탄강기를 펼쳤지만 천마의 주먹에 실린 강기의 힘이 예상보다 강했다.

"빌어먹을!"

휘리리릭!

튕겨 나가는 와중에 바닥에 떨어진 검을 끌어당겼다.

이석의 손에 검이 빨려들어 오자 봉우리 바위 바닥에 검을 꽂아 튕겨 나가는 몸을 고정시켰다.

몸이 멈추는 것과 동시에 고무처럼 튕겨져 나가 천마를 향해 검초를 펼쳤다.

혈마기가 담긴 붉은 검강이 선을 그리며 사방을 압박해 왔다.

천마가 강기가 실린 검을 유연하게 휘두르며 회전을 가해 이석의 검초를 막아냈다.

채채채채챙!

두 사람이 검을 부딪치는 소리가 뜨거운 사막 일대를 울렸다.

혈마기가 실린 검초는 그 사악함이 하늘을 찌를 만큼 강하여 사이한 기운이 상대의 정신을 압박하고 혼란을 가져온다.

어지간한 고수들은 이 혈마기에 영향을 받아 착란 증세를 일으키기도 한다.

'빌어먹을, 미동조차 없군.'

과거의 주군과 버금갈 정도로 높은 수준의 혈마기를 보유하고 있는 이석이다.

조금이라도 흔들림이 있다면 파고들 여지가 있는데, 천마는 혈마기에 아무 영향을 받지 않는 사람처럼 평이해 보였다.

채채채채챙!

짧은 찰나에 수 초식을 부딪쳤는데도 빈틈 한번 보이지 않았다.

'허점이 없다면 허점을 만들어야지!'

좋은 계책이라도 떠올렸는지 이석의 눈빛이 기묘하게 빛났다.

검초를 펼치는 도중에 이석이 검에서 손을 뗐다.

그런데 손을 뗐음에도 불구하고 여전히 그의 검이 쾌속하게 움직이며 검초를 멈추지 않았다.

대결을 펼치는 도중에 이기어검으로 전환한 것이다.

대단한 것은 현경의 극에 이른 절대 고수답게 그의 이기어검은 검강의 형태를 고스란히 유지하고 있었다.

슉!

그와 동시에 이석이 쾌속한 보법으로 천마의 뒤로 파고들었다. 그리고 양손이 검붉게 물들더니 적마철권의 절초를 펼치며 그의 등에 일격을 가했다.

'방심한 대가다, 천마!'

이석의 눈빛에 희열이 차올랐다.

생애 처음으로 천마의 뒤를 잡은 것이다. 그러나 그런 그의 귓가를 나지막하게 울리는 목소리가 있었다.

"여전히 멍청하군."

댕강! 촤아아아아악!

"흐헉!"

적마철권의 절초가 미처 닿기도 전에 날카로운 예기를 감지한 이석이 손해를 감수하고 내공을 다시 끌어들였다.

절초를 펼치던 도중에 멈추게 되면 운기가 원활하지 못해 당연히 내상을 입을 수밖에 없다.

"쿨럭!"

선혈이 목구멍까지 솟구쳤지만 이석은 멈추지 않고 보법을 펼쳐 뒤로 물러났다.

그러나 천마의 쾌검은 그가 상상한 것 이상으로 훨씬 빨랐다.

툭!

"끄아아아아악!"

그의 오른팔이 날카로운 현천검에 잘려 나가 바닥에 떨어지고 말았다.

팔이 잘리는 고통에 비명이 절로 나왔다.

그것도 잠시, 혈도를 점해 잘린 부위에서 흘러내리는 피를 지혈시키며 이석이 이해할 수 없다는 표정을 지었다.

'어, 어떻게 그 상태에서 반격을?'

앞뒤를 동시에 공략했기에 어느 한쪽을 막는다면 다른 쪽을 내줄 수밖에 없는 상황이었다. 당황해하던 이석의 눈에 천마의 뒤편 바닥에 덩그러니 떨어져 있는 무언가가 보였다.

그것은 다름 아닌 검의 파편으로 이석의 보검 적사검이 부러지다 못해서 파편으로 산산조각 나 있었다.

'설마 강기가 실린 검을 통째로 베었단 말인가?'

놀랍게도 천마는 이석이 펼치는 이기어검강을 단 일검으로 베어냈다. 그리고 그 일검은 검을 부수는 것에서 멈추지 않고 그대로 이어서 그의 팔마저 베어낸 것이었다.

"마, 말도 안 돼!"

그의 적사검은 만년한철로 만든 보검으로 거기에 검강마저 씌워졌기에 어떠한 공격으로도 절대로 부러질 수 없었다.

투둑! 투둑!

"엇?"

그런데 이상했다.

그의 잘린 팔 부위에서 알 수 없는 이질감이 느껴졌다.

그 이질감은 자신의 혈맥을 파고들어 내공을 분산시켰다.

"비, 빌어먹을!"

툭!

이석은 아무 망설임도 없이 이질감이 파고들지 않은 부위를 기준으로 팔을 베어냈다. 바닥에 떨어진 잘린 팔 부위의 단면에서 검은 아지랑이가 피어올랐다.

"이, 이건 마기?"

잘린 팔에서 피어오르는 아지랑이는 분명 마기가 유형화된 것이었다. 이에 놀란 이석의 눈으로 검게 물들어 있는 현천검이 들어왔다.

'마기가 유형화되다니?'

마기는 일종의 기운이나 마찬가지였다. 그린데 서렇게 눈에 박힐 만큼 유형화된 마기는 천 년 전에도 본 적이 없었다.

무형의 기운을 유형화시키는 경지는 현경의 경지에 오른 고수라도 불가능한 일이었다.

'천마 이놈은 정녕 괴물이란 말인가?'

부활하고 나서 긴 세월 동안 수련하며 현경의 극에 이르렀다.

과거의 천마와 동등한 경지에 올랐기에 충분히 이길 수 있는 싸움이라고 여긴 이석은 자괴감과 허탈감에 젖었다.

'천마 이놈은 정녕 주군의 앞길을 가로막기 위해 태어난 존재란 말인가.'

끝을 알 수 없는 무궁무진한 저력을 가진 천마다.

그런 천마를 여기서 막지 못한다면 혈교의 대업에 큰 지장을 미칠 것이다.

전의를 상실했는지 고개를 숙인 채 허탈해하는 이석을 향해 천마가 천천히 걸어갔다.

"홍! 네놈들이 다시 부활한다고 나를 이길 성싶으냐. 이제 네놈의 잘난 주군이 어디 있는지 실토해라."

천마가 현천검의 날카로운 검끝을 그의 목에 가져다 댔다.

살기 가득한 현천검은 그의 대답 여부에 따라 생사를 결정할 것이다.

그때 이석이 숙이고 있던 고개를 들어 천마를 노려보았다.

"천마, 네놈이 이겼다고 생각하나?"

"허튼수작 부리지 마라. 설마 나한테 동귀어진 따위가 통할 거라고 착각한 건 아니겠지?"

동귀어진의 수를 쓰기도 전에 목을 베면 그만이었다.

이석은 그런 천마를 보며 미친 듯이 웃어댔다.

"동귀어진이라……. 크크크크큭, 크하하하하하하하!"

"미친놈."

퍽!

천마가 그의 턱을 그대로 발로 차버렸다.

이석의 파란 가면이 벗겨지면서 그의 맨얼굴이 드러났다.

긴 세월 동안 가면을 벗지 않았는지 핏줄이 보일 만큼 새하얀 얼굴에 곱상해 보이는 중년의 남자였다.

"퉤!"

이석이 턱이 차이면서 부러진 이빨을 뱉었다.

"셋을 세도록 하지. 그 안에 말하지 않는다면 다시 지옥으로 보내주마."

"흐흐흐흐흐!"

"제정신이 아니군. 하나."

"흐흐흐흐, 으으, 으으으으!"

천마의 살기 어린 경고에도 웃음을 그치지 않던 이석이 이상한 신음성을 내더니 이내 붉은 동공이 심하게 흔들렸다.

"응?"

"끄으으으으으으!"

덜덜덜!

두 눈을 시작으로 그 떨림은 차츰 온몸으로 번져 나갔다.

온몸을 떠는 이석의 입에서는 하얀 거품마저 일고 있었다. 알 수 없는 현상에 천마는 그가 동귀어진의 수를 쓴다고 판단했다.

"후우, 이래저래 말이 통하지 않는군."

명색이 혈교를 지탱하는 세 기둥이라 불리는 삼혈로이다.

어떤 식으로든 입을 열지 않을 거라고 짐작했기에 천마는 망설임 없이 손에 힘을 주어 검을 찔러 넣었다.

그 순간이었다.

퐉!

온몸에 경련을 일으키던 이석이 자신의 목을 찔러들어 오는 현천검을 맨손으로 잡아냈다. 날카로운 현천검의 예기 때문에 그의 왼손의 손가락이 일부 잘려 나갔다.

그런데도 이석은 고통의 신음성조차 내지 않았다.

"하아, 이 새끼가 단단히 돌았……."

"오랜만이군, 천마."

그의 말을 자르고 나온 목소리는 이석의 것이 아니었다.

그 목소리를 듣는 순간 천마의 두 눈이 커졌다.

천 년 하고도 몇 십 년의 세월이 흘렀음에도 기억 속에서 절대로 잊을 수 없는 목소리였다.

"혈… 마!"

『천마님, 부활하셨도다』 9권에 계속…

초대형 24시 만화방

신간 100%, 샤워실, 흡연실, 수면실(침대석), 커플석, 세탁기 완비

■ 시흥 정왕25시점 ■

경기 시흥시 정왕동 1742-13 미스터피자 건물 5층
031) 319-5629

■ 강북 노원역점 ■

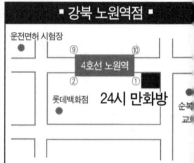

서울 노원구 상계동 340-6 노원역 1번 출구 앞 3층
02) 951-8324 (화용빌딩 3층)

■ 일산 정발산역점 ■

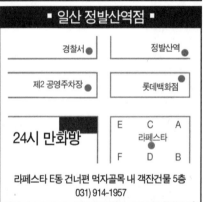

라페스타 E동 건너편 먹자골목 내 객잔건물 5층
031) 914-1957

■ 일산 화정역점 ■

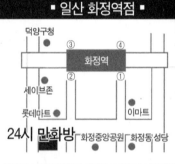

경기도 고양시 덕양구 화정동 984번지 서일빌딩 7
031) 979-4874 (서일사우나 건물 7층)

■ 부천 역곡역점 ■

역곡남부역 기업은행 건물 3층
032) 665-5525

■ 부평역점 ■

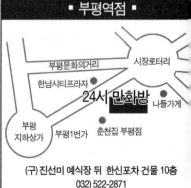

(구) 진선미 예식장 뒤 한신포차 건물 10층
032) 522-2871

『조선의 상왕』의 작가 매검향,
그가 더 강력해진 『조선의 봄』으로 돌아왔다!

"병호야, 네가 살아났구나!"
"여기가 저승인가?"

헌종(憲宗) 사 년…
안동 김문 삼대독자의 몸으로 되살아난 김병호(金炳浩),

조선의 불우한 역사는 더 이상 되풀이되지 않을 것이다.
미래를 앞선 그의 손 아래
조신의 역사가 새로 쓰인다!

Book Publishing CHUNGEORAM

유행이 아닌 자유추구 -
WWW.chungeoram.com

신가 新武俠 판타지 소설

FANTASTIC ORIENTAL HEROES

弘源

홍원

원치 않은 의뢰에 대한 거부권,
죽어 마땅한 자에 대한 의뢰만 취급하겠다는 신념.
은살림(隱殺林) 제일 살수, 살수명 죽림(竹林).
마지막 의뢰를 수행하던 중, 괴이한 꿈을 꾼다.

"마지막 의뢰에 이 무슨 재수 없는 꿈인가."

그리고 꿈은, 그의 삶을 송두리째 뒤바꾼다.
하나의 갈림길, 또 다른 선택.
그 선택이 낳는 무수한 갈림길……

살수 죽림(竹林)이 아닌,
사람 장홍원의 몽환적인 여행이 시작된다!

Book Publishing CHUNGEORAM